परियों
के
देश में

परियों के देश में

रस्किन बॉण्ड

प्रभात पेपरबैक्स
www.prabhatbooks.com

प्रकाशक

प्रभात पेपरबैक्स

4/19 आसफ अली रोड, नई दिल्ली–110002

फोन : 23289777 • हेल्पलाइन नं. : 7827007777

इ–मेल : prabhatbooks@gmail.com ❖ वेब ठिकाना : www.prabhatbooks.com

संस्करण

2019

मूल्य

एक सौ पचास रुपए

अनुवाद

विनोद कुमार

अ.मा.पु.स. 978-93-5266-319-4

मुद्रक

नरुला प्रिंटर्स, दिल्ली

———— ★ ————

PARIYON KE DESH MEIN

Stories by Ruskin Bond

Published by **PRABHAT PAPERBACKS**

4/19 Asaf Ali Road, New Delhi-110002

by arrangement with Penguin Books India

ISBN 978-93-5266-319-4

₹150.00

मेरी बात

कोई चालीस साल पहले जब मैंने ये लोक और परी कथाएँ लिखी थीं तो मैंने एक वृद्ध कश्मीरी किस्सागो का उपयोग किया था, जो सर्दियों की शाम को अपनी अँगीठी जलाकर बैठ जाता था और लंढौर बाजार में अपनी दुकान पर आनेवाले बच्चों का मनोरंजन किया करता था।

मैं उस समय बहुत निराश हुआ था, जब प्रकाशकों ने, जिनको मैंने ये कहानियाँ सौंपी थीं, कहा कि वे इन कहानियों को केवल तभी प्रकाशित कर सकते थे, जब मैं इस किस्सागो और उसके श्रोताओं को निकाल दूँ; सादा कहानियाँ, जो केवल वर्णन प्रदान करती थीं।

अपने किस्सागो और उसके युवा श्रोताओं (जो वास्तव में बच्चे थे) को छोड़ने की अनिच्छा के साथ मैंने पांडुलिपि वापस ली और उसे टिन के एक संदूक में बंद कर दिया, जिसमें अन्य परित्यक्त कार्यों और पुराने समाचार-पत्रों की कतरनों की फाइल के साथ इसे भी भुला दिया गया।

उसके बाद, पिछली सर्दियों में, एक शाम मुझे याद आया कि मैंने पालमपुर पर एक पुराना आलेख उसी संदूक में रखा था और उसे खोजते हुए मुझे लोक कथाओं की वह भूली हुई पांडुलिपि हाथ लग गई।

इस प्रकार ये आपके सामने हैं। इन कहानियों में वर्णित कश्मीर कभी का जा चुका है, लेकिन बच्चे अभी भी आस-पास हैं और मैं उनके

बारे में समय-समय पर सुनता रहता हूँ। 'नन्हा विजय' अब पचास के करीब है, जबकि चुटियावाली शशि दादी बन चुकी है। मैं सोचता हूँ, क्या वे अपने बच्चों और पोते-पोतियों को कहानियाँ सुनाते होंगे या बस, उन्हें अपने लैपटॉप और टी.वी. सेटों के हवाले छोड़ देते होंगे? कहानी सुनाने की मौखिक परंपरा तो अब समाप्त ही हो चुकी है, लेकिन लिखे हुए शब्द अभी भी बने हुए हैं। ये इतनी आसानी से लुप्त नहीं होंगे। इनके माध्यम से हम अतीत की समीक्षा कर सकते हैं, बहुत पहले की दुनिया में विचरण कर सकते हैं और उसके प्राचीन जादू के कुछ अंश को प्राप्त कर सकते हैं।

तो, मेरा कश्मीरी किस्सागो फिर से जीवित हो उठा है अपनी कालातीत कहानियाँ सुनाने के लिए।

—रस्किन बॉण्ड

लंढौर, मसूर

अनुक्रम

बाजार में एक ठंडी शाम

दिसंबर के अंतिम दिनों में एक दिन शाम को आसमान पर घने बादल छा गए और बूँदाबाँदी शुरू हो गई थी। युवा कमल लंढौर में एक केमिस्ट की दुकान के सामने खड़ा थर्मामीटर की तरफ देख रहा था, जिसका पारा सुबह से काफी गिर चुका था।

'आज रात को बर्फ पड़ सकती है।' केमिस्ट ने दरवाजे से उसको नमस्ते करते हुए कहा।

कमल ने सहमति में सिर हिलाया। बूँदाबाँदी और उसके गरम कोट तथा स्कार्फ के बावजूद ठंड हर मिनट ज्यादा तेज होती जा रही थी।

उसने केमिस्ट से 'शुभ रात्रि' कहा और नीचे बाजार में से होकर दूसरी तरफ जाने वाली सड़क पकड़कर तेज गति से चल दिया। बाजार में कई कश्मीरी और तिब्बती दुकानें खुली थीं। तिब्बती पीतल के बरतन व चित्रित स्क्रॉल बेचते थे और कश्मीरी गलीचे एवं कलाकृतियाँ बेचते थे।

कमल उन दुकानों के पास से गुजर ही रहा था कि जावेद खान ने उसे पुकार लिया।

'बाहर मौसम बहुत खराब है। बाहर रहना ठीक नहीं।' वृद्ध कश्मीरी दुकानदार ने बुलाया, 'शायद बारिश आधा घंटे में रुक जाएगी। तब तक अंदर आ जाओ और अपने को गरम करने के लिए अँगीठी के पास बैठ जाओ।'

कमल ने अंदर झाँका और देखा कि वहाँ पहले से कई लड़के व लड़कियाँ आग के चारों तरफ बैठे थे। उनमें से चुटियावाली एक काली लड़की शशि को उसने पहचान लिया था, जो उसकी सहपाठी थी और उसका पेट कुछ बड़ा था। विजय, जो स्कूल जाने के लिए बहुत छोटा था, लेकिन जावेद खान की दुकान पर आने के लिए पर्याप्त रूप से बड़ा था।

'मैं इन युवा मित्रों को देश के मेरे वाले भाग की कुछ कहानियाँ सुना रहा हूँ।' जावेद खान ने कहा, 'शायद वे तुम्हें भी पसंद आएँगी।'

कमल ने निमंत्रण स्वीकार कर लिया, क्योंकि उसे जावेद खान की कहानियाँ अच्छी लगती थीं और इसलिए भी कि मौसम अप्रिय था और उसका घर कम-से-कम एक मील दूर था।

'अगर तुम्हारे हाथ ठंडे हो रहे हैं तो मैं यहाँ दस्ताने भी बेचता हूँ।' जावेद खान ने कहा, जो हमेशा अपने अतिथियों को कुछ-न-कुछ बेचने के लिए तैयार रहता था, 'ये कश्मीर में बनते हैं, जहाँ तुम जानते हो, यहाँ से भी कहीं ज्यादा ठंड पड़ती है।' उसने एक बंडल में से दस्तानों का एक जोड़ा निकाला और कमल को यह कहते हुए दे दिया, 'इसके पैसे तुम अपनी सहूलियत से दे देना।' वह जानता था कि कमल के पिता पर, जो पुस्तकें लिखता था, भरोसा किया जा सकता था, भले ही वह भुगतान करने में कभी-कभी कुछ विलंब कर देता था।

जावेद खान लंढौर के बच्चों के बीच बहुत लोकप्रिय था, चाहे वे अमीरों के बच्चे हों या गरीबों के। ठंडी शामों को वे उसकी कहानियाँ सुनने के लिए उसकी चमकती अँगीठी के चारों तरफ इकट्ठा हो जाते थे। कमल, जो मोल-भाव करने के लिए हमेशा तैयार रहता था, ने पूछा, 'जावेद खान, ये दस्ताने कितने के हैं?'

'कीमत भी बता देंगे भुगतान के समय।' चतुर वृद्ध ने जवाब दिया।

'दस रुपए से ज्यादा नहीं दूँगा।' कमल ने कहा।

जावेद खान ने बनावटी निराशा में अपने हाथ छोड़ दिए और कमल

जान गया कि सौदा पट गया था। उसने दस्ताने अपनी जेब में रखे और नन्हे विजय को अपने घुटनों पर बिठाते हुए हाथ गरम करने के लिए आग की तरफ झुक गया।

शशि, जिसकी बड़ी-बड़ी आँखें आग की रोशनी में चमक रही थीं, ने पूछा, 'जावेद खान, आपकी उस कहानी का क्या हुआ?'

'शशि, इस पल एक कहानी मेरे होंठों पर आ रही है; लेकिन अगर विजय चुपचाप बैठेगा तभी मैं शुरू करूँगा।'

तुरंत ही आग के चारों तरफ गोला बनाकर इकट्ठे हुए सारे बच्चे शांत हो गए। जावेद खान ने अपने हुक्के का एक कश लिया और अपनी कहानी आरंभ की।

□

जावेद खान ने कहा—एक बार गरमियों में हमारे गाँव में एक ऐसा आदमी आया, जिसे कोई भी चीज खुश नहीं कर सकती थी। वह आराम करने के लिए अखरोट के एक पेड़ के नीचे बैठ गया। यह पेड़ हर साल खूब फल देता था और अपने मालिक के लिए यह बहुत ही कीमती था। पेड़ के आस-पास की जमीन भी कीमती थी और उसमें कद्दू के पौधे के बीज बोए हुए थे। जब वह आदमी, जिसे कोई खुश नहीं कर सकता, बैठ गया, उसने देखा कि उसके पास में ही एक अधपका कद्दू पल रहा था।

उसने अखरोट के पेड़ को देखा, फिर कद्दू की बेल को देखा।

'ओ, अल्लाह!' वह बोला, 'तेरे तरीके भी कितने अजीब हैं! इतने बड़े पेड़ को तो तूने छोटे-छोटे फल दिए हैं और जमीन पर पड़ी कद्दू की इस बेल को इसकी शक्ति की तुलना में इतना बड़ा फल दे दिया! क्या यह ज्यादा समझदारी नहीं होती कि इसका उलटा किया जाता?'

तभी ऊपर डाली से एक अखरोट टूटकर उस बड़बड़ा रहे आदमी के नंगे सिर पर पड़ा और वह अचानक चौंक गया और अपने सिर को मलने लगा।

'हाय अल्लाह!' वह विस्मय से बोला, 'अब मुझे आपकी बुद्धिमानी दिखाई दे रही है। आखिरकार आप ही सही हैं। अगर अखरोट के पेड़ पर कद्दू उगाया गया होता और इतनी ऊँचाई से वह मेरे सिर पर गिरा होता तो मैं तो मर ही गया होता! अब मुझे आपकी बुद्धिमानी, महानता और शक्ति नजर आ रही है।'

□

कमल दबी हँसी हँसा। दूसरे बच्चे उस आदमी, जिसे कोई खुश नहीं कर सकता, की हार के विचार से मुसकरा रहे थे।

कमल ने पूछा, 'जावेद खान, आपको यह किस्सा किसने सुनाया था? क्या यह लिखा हुआ है और किसी किताब में है?'

'मुझे पता नहीं, हुजूर। बेहतर होगा कि तुम अपने पिताजी से पूछना। अब देर हो रही है, फिर आना; क्योंकि मेरे पास तुम्हें और मेरे नन्हे मित्रों को सुनाने के लिए और बहुत सी कहानियाँ हैं। अब बर्फ गिरनी शुरू हो, इससे पहले घर दौड़ जाओ।'

'शुभ रात्रि, जावेद खान।' अपने नए दस्ताने पहनते हुए और अपना स्कार्फ नन्हे विजय के चारों तरफ लपेटते हुए कमल ने कहा, 'अच्छा होगा कि मैं विजय को उसके घर छोड़ता हुआ जाऊँ।'

वह जाने के लिए उठा और ऐसा ही दूसरों ने भी किया। शशि बाईं तरफ वाली सड़क पर गई और विजय को कंधे पर बिठाए कमल तेजी से बाजार की घुमावदार सड़क पर चल दिया।

□

जावेद खान तैयार

'देश के मेरे वाले भाग में बहुत से बुद्धिमान लोग थे।' जावेद खान ने कहा, 'वे, जो कानून बनाते थे, काजी के रूप में जाने जाते थे और हम उनका पालन करते थे; क्योंकि वे उचित होते थे। हमारे बचपन से ही हमें बुद्धिमान काजियों द्वारा जारी किए गए आदेशों के प्रति आज्ञाकारी होना सिखाया जाता था।'

कमल ने पूछा, 'और अवज्ञा, जावेद खान?'

'यह एक बुरा शब्द है और शायद ही कभी इसका प्रयोग करने की जरूरत होती है।'

मौसम साफ हो चुका था और कमल स्कूल से घर जाते समय रास्ते में कश्मीरी दुकान पर रुका था। 8,000 फीट ऊपर ऊँचाई पर बर्फ दिखाई दे रही थी; लेकिन उससे नीची ऊँचाइयों पर बर्फ तेजी से पिघल रही थी।

'आज शाम भी क्या आप कहानी सुनाने जा रहे हैं, जावेद खान?' कमल ने पूछा।

'मुझे पता नहीं, हुजूर। यह संभव है कि हमारे नन्हे मित्र आज शाम को नहीं आएँ। ऐसे मौसम में वे सारे दिन खेलते रहेंगे और शाम तक वे इतने ज्यादा थक जाएँगे कि मेरी दुकान तक चलकर न आ सकें। क्या तुम आ रहे हो?'

'शायद आप हमें अपने काजियों की बुद्धिमत्ता के बारे में किस्से सुना सकते हैं।'

'ठीक है, अगर तुम लोग सूरज छिपने के बाद मेरी दुकान पर आना पसंद करोगे तो!'

'मैं आऊँगा।' कमल ने कहा, 'आप पाँच बजे मुझे यहाँ देखेंगे।'

कमल पाबंदी से पाँच बजे जावेद खान की दुकान पर पहुँच गया और देखा कि काफी बच्चे उससे पहले ही वहाँ इकट्ठा हो चुके थे।

'वे सब यहाँ हैं।' जावेद खान ने खुशी से कहा, 'उनके हाथ-पैर दुखने के बावजूद।'

शशि और विजय वहाँ थे, उसी तरह से शैतान लड़का अनिल और उसकी छोटी बहन नन्ही मधु, जिसके लंबे बाल उसके कंधों पर फैले हुए थे। बड़े संतोष के साथ अपने लंबे हुक्के से कश खींच रहे जावेद खान के सामने कमल फर्श पर बच्चों में शामिल हो गया।

शशि ने पूछा, 'क्या हुक्के सोने के भी होते हैं?'

'हाँ, हुक्के सोने और चाँदी के भी होते हैं; लेकिन मैं इसके जैसे साधारण हुक्के को ही पसंद करता हूँ।'

अनिल ने हँसी उड़ाते हुए कहा, 'आखिरकार, आप एक साधारण आदमी ही तो हैं।'

जावेद खान को गुस्सा आ गया, 'अगर ऐसा ही तुम सोचते हो तो तुम मुझसे यह कहानी नहीं सुनोगे।'

'गुस्सा मत करो, जावेद खान।' अनिल बोला, 'यह तो बस, मजाक था।'

'इतने छोटे होंठों से मजाक शोभा नहीं देता।'

अनिल थोड़ा झेंप गया; लेकिन जावेद खान ने उसके सिर को थपथपाया और कहा, 'मैं तुम्हें एक बहुत ही विद्वान् काजी की कहानी सुनाऊँगा। उसकी बुद्धिमानी हमारे इलाके में एक लोकोक्ति बन गई थी और हमारे राजा ने उसे एक बड़े जिले का गवर्नर बना दिया था।

उसके न्याय और बुद्धिमानी के माध्यम से इलाके के सबसे खूँखार लोग भी सबसे ज्यादा स्वामीभक्त बन गए थे।'

जावेद खान ने आगे कहा, 'एक दिन राजा अपने दरबार में बैठा था और बुद्धिमान काजी उसके पीछे बैठा था। जब वे बात कर रहे थे, तभी एक कौआ उड़ता हुआ वहाँ आया और उसने जोरों से काँव-काँव की।'

'काँव, काँव, काँव!' कौआ करता रहा और हर कोई उसकी इस गुस्ताखी से अचंभित था।

राजा ने कहा, 'इस पक्षी को यहाँ से निकालो।' और तुरंत पक्षी को महल से बाहर निकाल दिया गया।

पाँच मिनट बाद फिर से कौआ उड़कर 'काँव, काँव, काँव' के साथ वहाँ आ गया।

क्रुद्ध राजा ने कौए को गोली मारने का आदेश दिया।

'अभी नहीं, महाराज।' बुद्धिमान काजी ने रोका, 'शायद आपकी बाकी प्रजा की तरह से यह कौआ भी आपके सामने अपनी कोई फरियाद लेकर आया है।'

'बहुत अच्छा, तो तुरंत इसकी जाँच की जानी चाहिए।' राजा ने आदेश दिया और एक सिपाही को यह पता लगाने के लिए नियुक्त कर दिया कि कौआ क्या चाहता था।

जैसे ही सिपाही महल से निकला, कौआ भी उड़कर बाहर आया और सिपाही के आगे-आगे नीचे उड़ता हुआ उसे निकट ही लगे हुए एक चिनार के सुंदर पेड़ तक ले गया। वहाँ पहुँचकर कौआ एक घोंसले में जा बैठा, जो उस डाली पर टिका हुआ था, जिसे एक लकड़हारा काट रहा था। पूरे समय कौआ बहुत जोर से काँव-काँव करता रहा।

सिपाही तुरंत सारी स्थिति को समझ गया और उस आदमी को

डाली काटने से रोकने का आदेश दिया। जैसे ही आदमी नीचे जमीन पर पहुँचा, कौए ने शोर मचाना बंद कर दिया।

'क्या तुमने वह डाली काटनी शुरू करने से पहले उस पर पक्षी का घोंसला नहीं देखा था?' सिपाही ने पूछा।

'मेरे लिए एक पक्षी का घोंसला क्या है?' आदमी ने बेअदबी से जवाब दिया, 'शायद तुमसे थोड़ा सा अधिक कीमती।'

इस तरह से क्रोध दिलाए जाने पर सिपाही ने लकड़हारे को गिरफ्तार कर लिया और उसे राजा के पास ले गया तथा क्या हुआ था, उसकी सारी सूचना दी। राजा काजी की तरफ मुड़ा और पूछा, 'इस आदमी को इसकी गुस्ताखी के लिए क्या दंड दिया जाना चाहिए?'

काजी ने जवाब दिया, 'महाराज, कुत्ते कभी-कभी भौंकते हैं। अगर इस आदमी को पहले से पता होता कि सिपाही इस राज्य के आदेश का पालन कर रहा था और अपना खुद का हुक्म नहीं चला रहा था तो किसी भी प्रकार की गुस्ताखी नहीं होती। शायद यह आदमी पहले ही पछता रहा है। इसको दंड के रूप में कुछ बेंत लगाए जा सकते हैं।'

लकड़हारे के तलवों पर पाँच बेंत लगाए गए और उसे छोड़ दिया गया। हालाँकि दंड कठोर नहीं था, उसे अपने घर तक के पूरे रास्ते में उछल-उछलकर चलना पड़ा था।

□

अनिल और मधु की हँसी फूट पड़ी।

'नहीं, उस पर हँसो मत।' जावेद खान ने कहा, 'तुम्हारी हँसी अगर वह सुन लेता तो यह दंड से भी अधिक होता। उस समय अगर उसने तुम्हें सुना होता तो उसके मन में कौओं के प्रति स्थायी नापसंदगी घर कर जाती, तब उसने सारे घोंसले उजाड़ दिए होते!'

'सच है जावेद खान, सच है।' कमल ने कहा।

'अगर तुम में से कोई कभी काजी बनता है,' वृद्ध व्यक्ति ने कहा, 'किसी को कुछ पता नहीं होता है कि तुम एक दिन क्या बन सकते हो—अमीर और गरीब दोनों की फरियादों के साथ एक जैसा बरताव करो। सभी लोगों के साथ निष्पक्षता से व्यवहार करें, भले ही उनमें मेरी कहानी के कौए जैसे महत्त्वहीन व्यक्ति शामिल हों।'

'सच है जावेद खान, सच है।' नन्हे विजय ने खुद को काजी जितना बुद्धिमान दिखाने के लिए कहा।

□

चालीस भाइयों की पहाड़ी

जब अनिल और शशि तथा अन्य बच्चे जावेद खान की अँगीठी के चारों तरफ बैठे थे तो कमल ने पूछा, 'क्या तुम्हें पता है कि अनिल के छह भाई-बहन हैं?'

अनिल बोला, 'शशि के पाँच भाई हैं, कोई बहन नहीं है।'

विजय को लगा कि शशि को केवल भाई होने के आरोप से बचाना चाहिए, इसलिए बोला, 'बहन तो शशि है ना!'

'केवल पाँच?' जावेद खान ने दुकान के कोने में अपनी गद्दी से हस्तक्षेप करते हुए कहा, 'क्या तुम उस लड़के की कहानी जानते हो, जिसके चालीस भाई थे?'

'चालीस!' आश्चर्य से कमल के मुँह से निकला, 'यह तो एक समस्या रही होगी। जावेद खान, हमें इसके बारे में बताइए।'

'हाँ, हमें इसके बारे में बताइए।' शशि ने भी कहा।

नन्हा विजय भी बोला, 'हमें बताओ, हमें बताओ।'

□

कई साल पहले (जावेद खान ने कहा) कश्मीर की ऊँची पहाड़ियों में एक धनी किसान रहता था, जिसका नाम द्रूस था। हालाँकि उसके पास बहुत सारी भेड़ें और मवेशी थे, लेकिन वह और उसकी पत्नी दोनों दु:खी थे, क्योंकि उनके विवाह के बाद से बच्चे नहीं हुए थे। उनकी प्रार्थनाएँ, संतों, पीरों व साधुओं की प्रार्थनाएँ भी बेकार चली गई थीं। उनका कोई

परिणाम नहीं निकला था। एक दिन सफर से थका हुआ एक पीर गाँव में से होकर गुजरा। वह श्रीनगर में बागों और मेवे के उद्यानों के बीच आराम करने के रास्ते में था।

जब वह द्रूस के टेंट के पास से गुजर रहा था, पीर ने आवाज लगाई, 'अल्लाह के नाम पर अपनी खैरात मुझे दे दो। मेरे पास न तो गोश्त है और न ही रोटी का टुकड़ा है।'

लेकिन द्रूस ने जवाब दिया, 'मैं अपनी जिंदगी के हर दिन दयालु रहा हूँ; लेकिन अभी तक मुझे एक बेटे का वरदान नहीं मिला है, इसलिए मैं तुम्हें कुछ भी नहीं दूँगा।'

'जिसे जन्नत ने मना कर दिया, उसे कौन मंजूर कर सकता है!' पीर ने निढाल होते हुए कहा और दूसरे टेंट की तरफ चल दिया।

लेकिन पीर के युवा शिष्य, जो पीछे आ रहा था, ने आश्वस्त होकर अनुभव किया कि उसके पास दुःखी दंपती को संतुष्ट करने की शक्ति थी। उसने चालीस कंकर इकट्ठे करके बिना बच्चेवाली स्त्री की गोद में रख दिए और उसे आशीर्वाद दिया।

(हुक्के का कश लेने के बाद कहानी जारी रखते हुए जावेद खान ने कहा) निर्धारित समय पर उस स्त्री ने पूरे चालीस बेटों को जन्म दिया—सबको एक ही समय में।

द्रूस बहुत परेशान और चिंतित हो गया। उसे विश्वास हो गया कि वह इतने सारे बच्चों को नहीं पाल सकेगा।

'हम चालीस बच्चों के लिए रोटी नहीं जुटा सकते।' वह अपनी पत्नी से बोला, 'इसलिए केवल एक चीज है, जो हम कर सकते हैं। अपनी पसंद के एक लड़के को रख लें और शेष उनतालीस लड़कों को जंगल में ले जाएँ और उनको वहीं छोड़ दें। हमारी कठिन परिस्थिति से निकलने का और कोई रास्ता नहीं है।'

इसलिए एक को छोड़कर सभी बच्चे पहाड़ों पर ले जाए गए और भेड़ियों की दया पर वहीं छोड़ दिए गए। उन्हें मरने के लिए छोड़ दिया

गया था। लेकिन एक दिन पहाड़ियों में अपनी भेड़ों के झुंड को चराते हुए एक गड़रिए को एक हिरण का खास व्यवहार उन चट्टानों और बोल्डरों की तरफ ले गया, जिन्होंने एक कंदरा का मुख बंद कर रखा था। वहाँ उसने पाया कि बहुत बड़ी संख्या में बच्चे जंगली ट्यूलिपों के बीच में खेलते हुए इधर से उधर दौड़ रहे थे।

गड़रिया लड़का डर गया। 'ये बच्चे कौन हो सकते हैं?' उसने आश्चर्य से सोचा, 'ये इस निर्जन इलाके में कैसे आए?'

शाम को उसने अपने अनुभव के बारे में अपने पिता को बताया और वह खबर ऐसे फैली, जैसे उसे हवा ने फैलाया हो। अंततः यह बात द्रूस तक भी पहुँची। वह फौरन समझ गया कि उस निर्जन क्षेत्र में खेलनेवाले बच्चे उसके अपने थे। कई महीनों से वह पछता रहा था और दुःखी था, लेकिन अब वह खुशी से झूम उठा। वह उस पहाड़ी की तरफ दौड़ा, जहाँ उन्हें देखा गया था। उसने वहाँ देखा कि वे नन्हे-नन्हे बच्चे जंगली जैतून और पिस्ता के पेड़ों के बीच छुपा-छुपी खेल रहे थे। सभी बच्चे एक-दूसरे से मिलते थे और बहुत सुंदर थे; लेकिन अजनबियों से शरमाते थे। जब द्रूस उनसे बोला तो वे दौड़ गए और खुद को गुफाओं में छुपा लिया। उसने एक दिन और एक रात उनका इंतजार किया, लेकिन वे अपने छुपने के स्थान से बाहर नहीं आए और वह भारी मन से अपने घर लौट आया।

उसकी पत्नी, जिसका दिल अपने खोए हुए बच्चों की चाह में दुःखी हो रहा था, ने एक अन्य पीर से सलाह ली, जिसने कहा, 'उनके भाई को ले जाओ, जिसे तुमने अपने पास रख लिया था। उसे लेकर उस पहाड़ी पर जाओ, जहाँ वे खेलते हैं। जब वहाँ पहुँचो तो उसे नीचे उतार देना और खुद छुप जाना।'

ममता से अभिभूत माँ ने ठीक वैसा ही किया, जैसा उससे कहा गया था और सच में वही हुआ, बच्चे उसके प्यारे बेटे के साथ खेलने के लिए बाहर निकल आए। नन्हे अजनबी और उसकी मधुर आवाज से आकर्षित होकर वे उसके पीछे-पीछे अपनी माँ के पास आ गए, जिसने उन्हें गले

से लगाया और उन्हें मिठाइयाँ दीं और जल्दी ही बिना किसी कठिनाई के वह उन्हें उनके घर लाने में सफल हो गई।

जावेद खान रुका और चारों ओर अपने श्रोताओं की तरफ देखा।

'और फिर क्या हुआ?' शशि ने पूछा।

'शायद इसे यहीं समाप्त हो जाना चाहिए।' जावेद खान ने कहा।

'लेकिन यह नहीं होती है।' जावेद की झिझक को फौरन ताड़ते हुए कमल बोला, 'यहाँ कहानी का अंत नहीं होता है, नहीं होता है ना?'

जावेद खान एक मिनट तक चुप रहा और बच्चों का अध्ययन करते हुए अपना हुक्का पीता रहा।

'मुझे लगता है कि तुम इतने बड़े हो कि अंत का सामना कर सकते हो।' उसने कहा और कहानी कहना जारी रखा—

द्रूस बच्चों को वापस पाकर इतना खुश था कि उसने गरीबों को उपहार और भोजन बाँटा और गाँव में संगीत तथा भोज का आयोजन हुआ। उसने सभी चालीस बच्चों को नमाज अदा करना और पवित्र किताबें पढ़ना सिखाया। लेकिन अल्लाह का फरमान यह था कि देवदूत अजराइल एक ही समय में चालीसों की साँसें ले ले।

सारे चालीस बच्चे, अचानक, एक ही दिन मर गए।

पूरे गाँव में मातम छा गया और लगातार तीन दिन और तीन रात तक दुआएँ की गईं। अंतिम संस्कार में भाग लेने आए अनेक मित्रों के लिए भोजन तैयार किया गया। उसके बाद चालीस भाइयों को उस पहाड़ी पर ले जाया गया, जहाँ वे पाए गए थे और सुनसान क्षेत्र में, उसी पहाड़ी पर उन्हें दफना दिया गया, जहाँ वे जंगली ट्यूलिपों के बीच खेलते थे।

और आज के दिन तक बच्चे अभी भी रहस्यमय पर्वत पर घूमते हैं, जिसे 'कुह चेहल तान', 'चालीस भाइयों की पहाड़ी' के नाम से जाना जाता है।

□

सात राजकुमारों के लिए सात वधुएँ

एक बारात लंढौर बाजार रोड के साथ-साथ अपने रास्ते पर घूम रही थी। सबसे पहले ढोल, तुरही और झाँझ की गूँज के साथ बैंड आया, उसके बाद सड़क पर गाते व नाचते हुए दूल्हे के मित्र और उसके बाद सफेद टट्टू पर बैठा दूल्हा स्वयं आया, जो विवाह की पोशाक में बहुत ही सजीला और सुंदर लग रहा था। वे वधू के घर, जहाँ समारोह होना था और साक्षी निराश थी कि वह वधू को नहीं देख सकी, क्योंकि वह जानना चाहती थी कि वह कैसी दिखती थी और उसने क्या पहना था!

शशि, अनिल, मधु और विजय जावेद खान की दुकान की सीढ़ियों पर बैठे हुए बारात का गुजरना देख रहे थे। जल्दी ही कमल भी उनमें शामिल हो गया, जो वैवाहिक अतिथियों के पीछे टहलता हुआ यहाँ आया था।

'वहाँ बाहर ठंड में क्यों बैठे हो?' अपनी मंद रोशनीवाली दुकान के अंदर से जावेद खान ने कहा, 'अंदर आ जाओ और आग के पास बैठो। मैं तुम्हें एक सबसे असाधारण शादी का एक किस्सा सुनाऊँगा, जो मेरी वादी में कई साल पहले हुई थी।'

□

बहुत-बहुत पहले एक राजा था, जिसके सात पुत्र थे। वे सबके सब बहादुर, सुंदर और चतुर थे। वृद्ध राजा सब को बराबर प्यार करता था

और राजकुमार एक सी पोशाक पहनते थे तथा उन्हें समान भत्ते मिलते थे। जब वे बड़े हुए तो उन्हें अलग-अलग महल दिए गए, लेकिन महल एक जैसे बनाए गए थे और उनकी साज-सज्जा भी एक जैसी की गई थी और अगर तुमने एक महल देख लिया था तो समझो, सारे महल देख लिये थे।

जब राजकुमारों की विवाह योग्य उम्र हुई तो राजा ने एक समान सुंदरता और प्रतिभावाली सात वधुएँ खोजने के लिए सारे देश में अपने राजदूत भेजे। राजा के संदेश वाहकों ने हर जगह की यात्रा की, कई राजकुमारियाँ देखीं; लेकिन सात उपयुक्त वधुएँ नहीं ढूँढ़ सके। वे लौटकर राजा के पास आए और अपनी विफलता के बारे में राजा को बताया।

अब तो राजा इतना निराश और दु:खी हो गया कि उसके मंत्री ने फैसला किया कि इस समस्या को हल करने के लिए कुछ-न-कुछ तो करना ही पड़ेगा। उसने कहा, 'महाराज, इतने मायूस न हों, निश्चय ही आपके सात पुत्रों जैसी मुकम्मल सात वधुएँ खोजना असंभव है। हमें किस्मत पर भरोसा करना चाहिए और फिर शायद हमें सही वधुएँ मिल जाएँगी।'

मंत्री ने एक योजना के बारे में सोचा था और राजकुमारों को इसके लिए सहमत कर लिया था। उनको किले की सबसे ऊँची बुर्ज पर ले जाया गया, जहाँ से पूरे शहर के साथ ही आस-पास का ग्रामीण क्षेत्र भी दिखाई देता था। राजकुमारों के सामने सात धनुष और सात तीर रखे गए थे और उनसे जिस दिशा में वे चाहें, उस दिशा में तीर छोड़ने के लिए कहा गया। प्रत्येक राजकुमार ने उस लड़की से विवाह करने की सहमति दी थी, जिसके घर पर उसका तीर जाकर गिरेगा—चाहे वह किसी राजकुमार की लड़की हो या किसी किसान की।

राजकुमारों ने धनुष उठाए और अलग-अलग दिशाओं में तीर छोड़े। सबसे छोटे राजकुमार को छोड़कर सभी राजकुमारों के तीर प्रसिद्ध और अत्यंत प्रतिष्ठित परिवारों के घरों पर जाकर गिरे थे। लेकिन सबसे छोटे

राजकुमार द्वारा छोड़ा गया तीर शहर की सीमा से बाहर चला गया था और दृष्टि से ओझल हो गया था।

नौकर तीर की तलाश में सभी दिशाओं में दौड़ पड़े और एक लंबी खोज के बाद उसे एक बहुत बड़े बरगद के पेड़ की शाखा में गड़ा हुआ पाया गया, जिसके ऊपर एक बंदरिया बैठी थी।

'एक बंदरिया!' बच्चों ने आश्चर्य से कहा।

'क्या राजकुमार ने बंदरिया से शादी की?' अनिल ने पूछा।

जावेद खान ने जवाब नहीं दिया, लेकिन हुक्के का एक लंबा ताजगी देनेवाला कश खींचा और अपने श्रोताओं के ध्यान केंद्रण के दबने का इंतजार करने लगा।

(जावेद खान ने किस्सा जारी रखते हुए कहा) राजा को बहुत पछतावा हुआ, जब उसे पता चला कि उसके सबसे छोटे राजकुमार के तीर ने ऐसा दुर्भाग्यशाली निशाना लगाया है। राजा और उसके दरबारी एवं मंत्रियों ने एक त्वरित बैठक की और फ़ैसला किया कि सबसे छोटे राजकुमार को तीर के साथ एक और अवसर दिया जाना चाहिए। लेकिन हर किसी को चकित करते हुए राजकुमार ने दूसरा अवसर लेने से इनकार कर दिया।

'मैं शिकायत नहीं करता।' उसने कहा, 'मेरे भाइयों को अच्छी और सुंदर पत्नियाँ मिली हैं और यह उनका सौभाग्य है। लेकिन मुझे वह कसम तोड़ने को मत कहो, जो मैंने तीर चलाने से पहले ली थी। मैं जानता हूँ कि मैं बंदरिया से विवाह नहीं कर सकता; लेकिन चूँकि मैं नहीं कर सकता, इसलिए मैं किसी से भी विवाह नहीं करूँगा। इसकी बजाय मैं बंदरिया को घर ले आऊँगा और एक पालतू की तरह से उसकी देखभाल करूँगा।'

और सबसे छोटा राजकुमार शहर से बाहर गया और बंदरिया को घर ले आया।

छह भाग्यशाली राजकुमारों के खूब धूमधाम से विवाह हुए। शहर में प्रकाश और आतिशबाजी से जश्न मनाया और सड़कों पर संगीत एवं नृत्य हुए। लोगों ने अपने घरों को आम और केले के पत्तों से सजाया था। पूरे शहर में खुशी का माहौल था, सिवाय सबसे छोटे राजकुमार के घर के, जो बहुत अकेला और दुःखी था। उसने अपनी बंदरिया के गले में हीरे का एक पट्टा डाला था और उसे मखमल की गद्दीवाली एक कुरसी पर बिठाया था।

राजकुमार ने कहा, 'ऐ बंदरिया, आज इस खुशी के दिन तुम भी उतनी ही अकेली हो, जितना मैं हूँ। लेकिन मैं यहाँ तुम्हारे ठहराव को खुशियों से भर दूँगा! क्या तुम्हें भूख लगी है?' और उसने स्वादिष्ट आमों का एक कटोरा उसके सामने रख दिया तथा उसे उन्हें खाने के लिए राजी कर लिया। वह बंदरिया से बातें करने लगा और अधिकतर समय उसके साथ बिताने लगा। कुछ लोगों ने उसे मूर्ख या जिद्दी कहा; दूसरे सोचते थे कि वह थोड़ा सा पागल है।

राजा ने अपने मंत्रियों और बेटों के साथ स्थिति पर चर्चा की और राजकुमार को फिर से होश में लाने और किसी उपयुक्त परिवार में उसका विवाह करने के लिए कोई-न-कोई रास्ता निकालने का निर्णय किया। लेकिन सबसे छोटे राजकुमार ने अपने पिता, भाइयों और मित्रों की सलाह व मनुहारों को सुनने से इनकार कर दिया।

'मैंने वचन दिया था,' उसने उत्तर दिया, 'और मेरा वचन पहाड़ की तरह अटल है।'

महीनों गुजर गए, पर राजकुमार ने अपना मन नहीं बदला। इसके बजाय ऐसा लगने लगा कि उसका बंदरिया के प्रति लगाव अधिक बढ़ गया था और उसे अकसर महल के बागों में बंदरिया के साथ टहलते हुए देखा जाता था।

अंत में राजा ने सातों राजकुमारों की एक बैठक बुलाई और कहा,

'मेरे बेटो, मैंने तुम्हें जीवन में खुशी-खुशी व्यवस्थित होते देखा है। यहाँ तक कि तुम भी, मेरे सबसे छोटे बेटे, अपनी अजीब साथी के साथ खुश दिखाई देते हो। एक पिता की खुशी अपने बेटे-बेटियों की खुशी में होती है। इसलिए मैं अपनी बहुओं से मिलना चाहता हूँ और उनको उपहार देना चाहता हूँ।'

सबसे बड़े बेटे ने तुरंत अपने पिता को अपने घर भोजन पर निमंत्रित कर दिया और दूसरों ने भी निमंत्रण को दुहरा दिया। राजा ने सबसे छोटे बेटे के निमंत्रण सहित सबके निमंत्रणों को स्वीकार कर लिया। स्वागत बहुत भव्य हुए और राजा ने अपनी वधुओं को कीमती जवाहरात एवं महँगी पोशाकें उपहार में दीं। अंत में राजा का स्वागत करने की सबसे छोटे बेटे की बारी आई।

सबसे छोटा राजकुमार बहुत परेशान हुआ। वह उस घर में अपने पिता को कैसे आमंत्रित कर सकता था, जिसमें वह एक बंदरिया के साथ रहता था? वह जानता था कि उसकी बंदरिया इलाके की अनेक बड़ी-बड़ी महिलाओं से अधिक सौम्य और प्रिय है और वह इस बात पर दृढ़ था कि वह उसे छुपाएगा नहीं, जैसे वह कोई शरमिंदा होने वाली चीज हो।

बाग में उसके साथ टहलते हुए उसने कहा, 'मुझे अब क्या करना चाहिए, मेरी दोस्त? काश, परेशानी की घड़ी में मुझे आराम, राहत देने के लिए तुम्हारे पास जुबान होती। मेरे सभी भाइयों ने मेरे पिता को अपने घर और अपनी पत्नियाँ दिखाई हैं। मैं जब तुम्हें उनके सामने प्रस्तुत करूँगा तो सब मेरा मजाक उड़ाएँगे।'

जब भी राजकुमार ने उससे कुछ कहा था, बंदरिया हमेशा एक मूक और सहानुभूतिपूर्ण श्रोता रही थी; लेकिन अब उसने देखा कि वह अपने पंजों से उसके लिए कोई संकेत कर रही थी। उस पर झुकते हुए राजकुमार ने देखा कि उसके एक हाथ में मिट्टी के बरतन का एक

टुकड़ा था और वह उससे उसे लेने के लिए कह रही थी। राजकुमार ने उससे वह टूटा हुआ टुकड़ा ले लिया। उस पर सुंदर जनाना हस्तलेख में ये शब्द लिखे हुए थे—

'चिंता न करें, राजकुमार। उस स्थान पर जाएँ, जहाँ आपने मुझे पाया था। मिट्टी के बरतन के इस टुकड़े को बरगद के पेड़ के खोखले तने में फेंक देना और किसी जवाब की प्रतीक्षा करना।'

राजकुमार पहले तो झिझका, लेकिन बाद में सोचा कि अपनी बंदरिया की बात मानने से उसकी समस्या और ज्यादा तो बिगड़ने वाली नहीं है। इसलिए, मिट्टी के बरतन का टूटा हुआ टुकड़ा लेकर वह शहर के बाहर गया और उस बरगद के पेड़ के पास पहुँचा।

वह एक बहुत पुराना, सैकड़ों साल पुराना बरगद का पेड़ था। उसकी शाखाएँ और जड़ें एक विस्तृत गोल घेरे में फैली हुई थीं और उसके पत्ते छोटे-छोटे कुंजों का निर्माण कर रहे थे। उसका तना हालाँकि अंदर से खोखला था, लेकिन बहुत बड़ा और मोटा था। उसके पास जाकर राजकुमार ने मिट्टी के बरतन का वह टुकड़ा पेड़ के खोखले तने में फेंक दिया और यह देखने के लिए इंतजार करने लगा कि क्या होता है!

उसे ज्यादा देर तक इंतजार नहीं करना पड़ा। कुछ ही पलों के बाद हरे रंग की पोशाक पहने एक सुंदर लड़की तने से निकलकर बाहर आई और राजकुमार से अपने पीछे आने के लिए कहा। उसने राजकुमार को बताया कि उसकी राजकुमारी, परियों की रानी, उससे व्यक्तिगत रूप में मिलना चाहती थी।

राजकुमार पेड़ पर चढ़ा और खोखले तने में प्रवेश कर गया और थोड़ी देर अँधेरे में टटोलकर चलने के बाद अचानक वह आँखें चौंधिया देनेवाले आश्चर्यजनक बाग में पहुँचा, जिसके अंत में एक आकर्षक महल खड़ा हुआ था। ऊँचे-ऊँचे सूरजमुखी के फूलों से बाग की सीमा बनी हुई थी। फूलों के बीच में एक मधुर सुगंधवाली जलधारा बह रही

थी और जलधारा के तले में कंकरों की जगह माणिक, हीरे व नीलम थे। यहाँ तक कि इस दुनिया में फैला प्रकाश भी उसकी अपनी दुनिया से ज्यादा गरम और मृदु था। उसे सोने की सीढ़ियों से चाँदी के एक फव्वारे के पीछे और इंद्रधनुषी सीपियों से बने महल के द्वारों में से ले जाया गया। लेकिन जिस कमरे में उसे ले जाया गया था, उस कमरे का वैभव परियों की उस राजकुमारी के अतुल्य सौंदर्य के आगे फीका पड़ गया था, जो उसके सामने खड़ी थी।

'हाँ, राजकुमार, आपका संदेश मैं जानती हूँ।' उसने कहा, 'चिंतित न हों, लेकिन घर जाएँ और कल शाम को अपने पिता महाराज तथा अन्य शाही मेहमानों के स्वागत की तैयारी करें। मेरे सेवक सबकुछ सँभाल लेंगे।'

अगली सुबह जब राजकुमार अपने महल में जागा तो एक अद्‌भुत नजारा उसकी आँखों के सामने था। उसका महल जैसे एक नए जीवन से भर गया था। उसके बाग आम, पपीता, अनार और आड़ू के फलदार पेड़ों से भरे हुए थे। पेड़ों की छाया में स्टॉलें लगी थीं, जिन पर फल, मिठाइयाँ, इत्र और शरबत उपलब्ध थे। बच्चे लॉन में खेल रहे थे और पुरुष व स्त्रियाँ संगीत सुन रहे थे।

राजकुमार ने जो देखा, उससे वह हक्का-बक्का रह गया था और तब तो वह और भी ज्यादा अचंभित हुआ, जब उसने अपने महल में प्रवेश किया और वहाँ भरपूर शोर व गतिविधियाँ पाईं। स्वादिष्ट भोजनों से मेजें लदी हुई थीं। छतों से बड़े-बड़े झाड़-फानूस लटक रहे थे। फूलों के बंदनवारों की सुगंध ने पूरे महल को महका रखा था।

तभी एक सेवक दौड़ता हुआ आया और घोषणा की कि राजा अपने दरबारियों के साथ पधार रहे हैं। राजकुमार उनकी अगवानी के लिए लपका। वह उन्हें स्वागत कक्ष में लेकर आया, जिसे सुंदर ढंग से सजाया गया था। वहाँ भोजन परोसा गया। उसके बाद हर किसी ने राजकुमार द्वारा चुनी गई साथी को देखने पर जोर दिया। हर किसी ने

यह सोचा था कि इतने शानदार भोज के बाद बंदरिया को देखना एक मजेदार मनोरंजन होगा।

राजकुमार उनके अनुरोध को टाल नहीं सका और उदास मन से बंदरिया की तलाश में अपने कमरे में गया। उसे उस उपहास से डर लग रहा था, जिसका उसे सामना करना था। वह जानता था कि यह उसकी अपनी कसम को न तोड़ने की जिद का इलाज करने के प्रयासों का एक तरीका है।

राजकुमार ने अपने कमरे का दरवाजा खोला और प्रकाश की चौंध से लगभग अंधा ही हो गया था। कमरे के बीचोबीच सिंहासन पर वही राजकुमारी बैठी थी, जिससे वह बरगद के पेड़ के अंदर मिला था।

'हाँ, आइए राजकुमार।' राजकुमारी ने कहा, 'क्योंकि मैंने आपको पिछली बार अपने महल में देखा था, तब से मैं आपके सिवाय कुछ भी नहीं सोच सकी हूँ। मैंने बंदरिया को दूर भेज दिया है और आपको अपने हाथ की पेशकश करने के लिए आई हूँ।'

यह सुनकर कि उसकी पालतू बंदरिया चली गई है, उसके आँसू फूट पड़े और उसने गुस्से में कहा, 'यह तुमने क्या कर दिया है ? तुम्हारी सुंदरता मेरी मित्र की क्षतिपूर्ति नहीं कर पाएगी।'

तब राजकुमारी ने मुसकराते हुए कहा, 'अगर मेरा सौंदर्य आपको प्रभावित नहीं करता है तो मेरे आभार के कारण मेरा हाथ थाम लीजिए। देखिए, मैंने आपके पिताजी और भाइयों के लिए इस दावत को तैयार करने में कितना परिश्रम किया है! मेरे पति बन जाइए। दुनिया की सारी दौलत और खुशियाँ आपके कदमों में होंगी।'

राजकुमार क्रोधित था, 'मैंने इस सबके लिए तुमसे कभी नहीं कहा था और न ही मैं यह जानता हूँ कि मुझे मेरी बंदरिया से महरूम करने के पीछे क्या चाल है! उसे मेरे पास वापस लाओ, मैं तुम्हारा दास बन जाऊँगा।'

फिर राजकुमारी ने सिंहासन छोड़ दिया और राजकुमार का हाथ पकड़कर बड़े प्रेम और सम्मान के साथ उससे बोली, 'आप मुझ में अपनी मित्र और साथी को देखिए, मैंने आपके विश्वास और निष्ठा की परीक्षा लेने के लिए ही बंदरिया का रूप रखा था। देखिए, मेरी बंदरिया की खाल उस कोने में पड़ी है।'

राजकुमार ने देखा कि कमरे के एक कोने में बंदरिया की खाल पड़ी हुई थी।

वह और राजकुमारी दोनों सिंहासन पर बैठे और जब राजकुमारी ने कहा, 'उठो, उठो, उठो।' तभी सिंहासन हवा में ऊपर उठा और तैरता हुआ उस हॉल में पहुँचा, जहाँ अतिथि एकत्र हुए थे। राजकुमार ने राजकुमारी को अपने पिता के सामने प्रस्तुत किया। तुम राजा और अतिथियों के आश्चर्य का अनुमान लगा सकते हो, जो वहाँ मेजबान के रूप में एक बंदरिया को देखने के लिए आए थे। राजा ने अपनी नई पुत्रवधू को अनेक उपहार दिए और जल्दी ही पूरे इलाके में लोग राजकुमार और उसकी सुंदर रानी की प्रशंसा करने लगे।

लेकिन ऐसे शानदार लोगों की खुशी का वर्णन करनेवाला मैं कौन होता हूँ?

□

परियों के देश में

अगली शाम कश्मीरी की दुकान में एक स्टूल पर बैठे हुए कमल ने कहा, 'तो यह था वह सबसे असाधारण विवाह, जिसके बारे में आपने हमें कल बताया था, जावेद खान।'

'यह एक परी कथा थी।' अनिल ने कहा, 'ऐसी सभी कहानियों का अंत सुखद होता है।'

'ऐसा नहीं है, हुजूर। कोई कहानी कभी समाप्त नहीं होती है और खुशी एक ऐसी चीज है, जो आती है और चली जाती है। यह इंद्रधनुष की तरह दुर्लभ है।'

'क्या राजकुमार और बाद में राजकुमारी बन जानेवाली बंदरिया के साथ कुछ और हुआ था?' शशि ने पूछा।

'बहुत सी बातें।' जावेद खान ने कहा, 'आओ, पास-पास आकर इकट्ठे हो जाओ, नहीं तो ठंड तुम्हारी हड्डियों में चली जाएगी। अब सुनो...'

जावेद खान ने कहा, 'अन्य राजकुमार जल्दी ही अपने सबसे छोटे भाई के अच्छे भाग्य से ईर्ष्या करने लगे और उसे गिराने के लिए चालें चलने लगे।'

एक दिन उन्होंने उससे कहा, 'भाई, तुम्हारी पत्नी एक परी है। लोगों की एक ऐसी नस्ल से संबंधित है, जो अपने अविश्वसनीय और शैतानी

तरीकों के लिए प्रसिद्ध है। हम जानते हैं कि तुमने वह खाल अभी तक रखी हुई है, जिसे वह पहले पहनती थी। तुम उसे क्यों रखे हुए हो? तुम कभी नहीं जान सकते कि कब उसका मन बदल जाए और वह फिर से बंदरिया बन जाए! हमारा सुझाव है कि जितना जल्दी संभव हो, उस खाल को नष्ट कर दो।'

राजकुमार ने उनके सुझाव पर सोचा और यह देखते हुए कि उनकी बात में दम है, उसने वह खाल निकाली और जलती हुई आग में झोंक दी।

तुरंत आग में से तेज चीखें आने लगीं और राजकुमारी खुद धुएँ में से प्रकट हुई और महल की तरफ दौड़ी। और उसके बाद पूरा महल, बाग और हर वह चीज, जो परी अपने साथ लाई थी, एक साथ गायब हो गए।

राजकुमार का दिल टूट गया।

'लेकिन एक मनुष्य और एक वायु-पुत्री के बीच में प्रेम कैसे रह सकता है?' राजा ने कहा, 'वह हवा से आई थी और उसी में गायब हो गई है। उसके लिए विलाप मत करो।'

फिर भी, राजकुमार को इससे कोई सांत्वना नहीं मिली और एक दिन सुबह जल्दी वह नगर से निकल पड़ा और इस उम्मीद में उस पुराने बरगद के पेड़ के पास पहुँच गया कि वहाँ उसकी राजकुमारी का कोई सुराग उसे मिल जाए। लेकिन पेड़ भी वहाँ से गायब हो चुका था। कई दिन और कई रात तक जंगली फलों को खाकर, जंगली पोखरों से पानी पीकर और खुले आसमान के नीचे सोकर वह गाँवों में भटकता रहा। हर दिन वह नगर से दूर, अधिक आगे और अधिक आगे चलता गया। एक दिन वह एक ऐसे आदमी के पास आया, जो एक टाँग पर खड़ा था (दूसरे पैर को हाथ से पकड़े हुए था) और चिल्ला रहा था, 'एक बार मैंने तुम्हें देखा था, एक बार और प्रकट हो जाओ!'

राजकुमार ने उससे पूछा कि क्या बात हुई थी? तो एक टाँग पर खड़े आदमी ने जवाब दिया, 'मैं इन जंगलों में शिकार कर रहा था, तब

मैंने एक बहुत ही सुंदर स्त्री को यहाँ से जाते हुए देखा था। वह दौड़ी जा रही थी और मेरे पुकारने पर भी रुकी नहीं। मैं उसके सौंदर्य और दुःख को देखकर इस प्रकार जड़वत् हो गया कि मैं अपने स्थान से हिल भी नहीं सकता।' और उसने फिर से दोहराया, 'एक बार मैंने तुम्हें देखा था, एक बार और प्रकट हो जाओ!'

'मैं भी उसी की तलाश कर रहा हूँ।' राजकुमार ने कहा।

'तो उसे जल्दी ढूँढ़ो। और जब तुम्हें मिल जाए तो कृपया मुझे उसको एक बार और देखने देना। मेरी यह छड़ी निशानी के रूप में लेते जाओ। यह रास्ते में तुम्हारे लिए काम आ सकती है, क्योंकि इसे अपने स्वामी के आदेशों का पालन करने का वरदान प्राप्त है।'

राजकुमार ने तपते रेगिस्तानों में अकसर परी राजकुमारी को पुकारते हुए कई दिनों तक सफर किया, लेकिन कोई परिणाम नहीं निकला। अनेक कठिनाइयों का सामना करने के बाद उसे एक नखलिस्तान मिला, जहाँ उसने एक छोटे से झरने से अपनी प्यास बुझाई। जब वह एक पेड़ की छाया में विश्राम कर रहा था, उसने गिटार के सुर सुने और उस संगीत के स्रोत की तलाश में जाने पर उसे बीस वर्षीय एक सुंदर युवक अपने वाद्य यंत्र पर झुका हुआ उसे बजाने में तल्लीन मिला। संगीत इतना मधुर था कि पक्षी भी खामोश हो गए थे। युवक ने बजाना समाप्त किया और एक लंबी साँस ली और कहा, 'एक बार मैंने तुम्हें देखा था, एक बार और प्रकट हो जाओ!'

उसने भी परी को दौड़कर दूर जाते हुए देखा था और उसके सौंदर्य से अपने स्थान पर ऐसे जड़वत् हो गया था कि जहाँ वह गिटार बजा रहा था, उस स्थान से हिल भी नहीं सकता। संगीतकार ने राजकुमार को अपना गिटार दे दिया और उससे कहा कि इसमें इसका संगीत जहाँ तक सुना जाएगा, वहाँ तक किसी भी चीज को आकर्षित करने की क्षमता थी। इसके बदले में जब राजकुमार को परी मिल जाएगी तो वह परी को

केवल एक बार और देखना चाहता था।

राजकुमार ने विशाल पर्वतों और नदियों को पार करते हुए अपना सफर जारी रखा। एक दिन जब वह भारी बर्फ में से धीरे-धीरे जा रहा था, उसने फिर से चिल्लाने की आवाज सुनी, 'एक बार मैंने तुम्हें देखा था, एक बार और प्रकट हो जाओ!'

इस बार यह एक पीला और पतला-दुबला नौजवान था, जिसने उसी परी को पहाड़ों की तरफ दौड़कर जाते हुए देखनेवाली कहानी सुनाई। और यहाँ वह पहाड़ की चोटी को छोड़कर नहीं जा सकता था, जब तक वह उस सुंदर राजकुमारी को फिर से देख नहीं लेता।

उसने एक टोपी राजकुमार को देते हुए कहा, 'यह टोपी ले लीजिए जब भी आप इसे पहनेंगे, यह आपको अदृश्य कर देगी और यह आपकी राजकुमारी की तलाश में उपयोगी साबित हो सकती है। लेकिन जब वह आपको मिल जाए तो मुझे उसको एक बार देखने देना, नहीं तो मैं यहीं प्राण त्याग दूँगा!'

छड़ी, गिटार और टोपी लेकर राजकुमार पर्वतों पर और फिर एक घाटी में गया, जहाँ उसने बर्फ का एक मंदिर देखा, जिसके खंभे, छत और शिखर सब बर्फ के बने हुए थे। मंदिर के भीतर राजकुमार को एक नंग-धड़ंग योगी मिला, जिसने केवल एक कौपीन पहन रखी थी। वह आसन लगाकर जमीन से लगभग तीन फीट ऊपर हवा में, अधर में, बैठा था। उसका सारा शरीर मंदिर की भीतरी दीवार से छनकर आ रहे प्रकाश में दमक रहा था।

राजकुमार हाथ जोड़कर योगी के सामने बैठ गया। योगी ने आँखें खोलकर सीधे राजकुमार की तरफ देखते हुए कहा, 'मैं तुम्हारी कहानी जानता हूँ। तुम जिस राजकुमारी की तलाश कर रहे हो, वह परियों के राजा की पुत्री है, जिसका महल कॉकेशस पर्वत के शीर्ष पर स्थित है। राजकुमारी बहुत बीमार है, गुल मेहँदी का यह डिब्बा ले लो। इसमें

ठीक करने की शक्तियाँ हैं और ये ऊनी चप्पलें तुम्हें, जहाँ तुम जाना चाहोगे, पहुँचा देंगी।'

जैसे ही राजकुमार ने ऊनी चप्पलें पहनीं, वह हवा में ऊपर उठने लगा और फिर बहुत तेजी के साथ पर्वतों के ऊपर से परियों के देश की ओर उड़ चला। वह एक बहुत बड़े नगर के बाहर उतरा, जहाँ टोपी पहनते ही वह अदृश्य हो गया और वह बिना किसी रोक-टोक के द्वार में से अंदर चला गया।

नगर में मुख्य चौराहे पर राजकुमार ने गिटार बजाना शुरू कर दिया। गिटार से निकला संगीत इतना मधुर था कि उसे सुनने के लिए सारी परियाँ आकर चौराहे पर एकत्र हो गईं। जब राजा को पता चला कि एक गजब का जादूगर उसकी प्रजा को मोहित कर रहा था तो वह उससे मिलने के लिए बाहर निकला। वह उसके संगीत से इतना प्रभावित हुआ कि वह राजकुमार के सामने अपने घुटने टेककर बोला, 'मेरी पुत्री कई महीनों से बीमार पड़ी है। वह विचित्र प्रकार के बुखार से पीड़ित है। उसे ठीक कर दो, मैं आपसे विनती करता हूँ, क्योंकि वह मेरी आँखों की रोशनी और मेरे बुढ़ापे की आशा है।'

राजकुमार राजा के साथ सोने के एक उड़न खटोले पर, जिसे परियाँ उठाए हुए थीं, महल के अंदर गया। उसे राजकुमारी के कक्ष में ले जाया गया, वहाँ उसने देखा कि परी गहरी नींद में सोई हुई थी। उसने योगी द्वारा दी गई गुल मेहँदी निकाली और वहाँ खड़ी सेविका से कहा कि इसे अपनी स्वामिनी के पूरे शरीर पर लगा दे। जैसे ही ऐसा किया गया, राजकुमारी बिस्तर पर उठकर बैठ गई। वह खुद को बहुत बेहतर महसूस कर रही थी। राजकुमार को देखकर वह उसका नाम लेकर बोलने ही वाली थी कि राजकुमार ने अपने होंठों पर उँगली रखकर अनुनय के भाव लिये आँखों से चुप रहने का अनुरोध किया।

जब राजा को पता चला कि उसकी पुत्री ठीक हो गई है तो उसने

कहा, 'आप महान् हैं, स्वामीजी, कोई उपहार माँगिए।'

राजकुमार ने बिना झिझके फौरन उत्तर दिया, 'राजन्, विवाह में आपकी पुत्री का हाथ!'

राजा योगी की वाचालता पर अत्यधिक क्रुद्ध हुआ और सिपाहियों को उस भिखारी को गिरफ्तार करने और जेल में डालने का आदेश दे दिया। लेकिन राजकुमार ने अपनी टोपी पहन ली और वह सिपाहियों के लिए अदृश्य हो गया तथा अपनी छड़ी को आदेश दिया कि वह सिपाहियों को दूर रखे। जब राजा ने देखा कि राजकुमार तो गायब हो गया था और उसकी छड़ी सिपाहियों की पीठ पर प्रहार कर रही थी तो उसने दया की याचना की।

राजा ने कहा, 'हमें क्षमा कर दीजिए, फिर से सामने आ जाइए। मैं वचन देता हूँ कि आपको वही मिलेगा, जो आप चाहेंगे।'

राजकुमार फिर से प्रकट हो गया और बोला, 'मुझे खेद है कि मुझे आपके विरुद्ध अपनी शक्तियों का प्रयोग करना पड़ा। अब मुझे एक उड़न खटोला दीजिए, जिसे बनाना केवल परियाँ जानती हैं और इसे मुझे तथा आपकी पुत्री दोनों को मेरे पिता के राज्य में ले जाने दें।'

राजा तुरंत अपनी पुत्री को लेकर आया, जिसकी सेवा में तीन परियाँ लगी हुई थीं। उन्होंने राजकुमार को एक सुंदर पालकी में बिठाया और पालकी हवा में ऊपर उठकर राजकुमार के देश की तरफ उड़ चली।

शशि ने पूछा, 'लेकिन एक टाँग पर खड़े आदमी और दूसरे, जिन्होंने उसकी मदद की थी, उनका क्या हुआ?'

'अरे हाँ, उनके बारे में तो मैं लगभग भूल ही गया था।' जावेद खान ने जोड़ा, 'लेकिन राजकुमार नहीं भूला था। रास्ते में उन लोगों की चीजें उन्हें लौटाने के लिए वह रुका था और उसे परी के साथ वापस आया देखकर वे बहुत खुश हुए थे और वे फिर से अच्छी तरह चलने-फिरने लगे थे।' थोड़ी देर सोचने के बाद जावेद खान ने कहा, 'वे वापसी में

राजकुमार के साथ ही उसके राज्य में गए। वहाँ उन्होंने उन तीन परियों से विवाह किया, जो राजकुमारी की दासियाँ थीं। और वे सब हमेशा खुशी-खुशी रहने लगे।'

'तो आखिरकार अंत सुखद हुआ।' अनिल बोला।

अब कमल ने पूछा, 'उन ईर्ष्यालु भाइयों का क्या हुआ?'

'जहाँ तक राजकुमार के भाइयों की बात है, जब उनके पिता, राजा को उनके द्वारा की गई शैतानी का पता चला तो वह इतना क्रुद्ध हुआ कि उसने उन्हें उत्तराधिकार से वंचित कर दिया और उन्हें जेल में डाल दिया गया होता, अगर सबसे छोटे राजकुमार ने राजा को उन्हें माफ करने के लिए मनाया नहीं होता। उन्हें माफी दे दी गई और उनके लिए उपयुक्त पेंशन तय कर दी गई। और अब मेरे दोस्तो, अब तुम सबके घर जाने का समय हो गया है।'

□

झुकी हुई कमरवाला भिखारी

शशि बाजार रोड से दौड़ती हुई आई। उसकी चुटिया झूल रही थी। वह अपने रंग वापस लेने के लिए विजय को पुकार रही थी। वह जानती थी कि वह विजय को पकड़ ही लेगी और इसके लिए कश्मीरी दुकान सबसे उपयुक्त जगह होगी, इसलिए सीधा जावेद खान के दरवाजे पर जा पहुँची। हड़बड़ी में वह एक झुकी हुई कमरवाले भिखारी से टकरा गई, जो दुकान के सामने खड़ा बाजार रोड में फैली सर्दियों की धूप का मजा ले रहा था।

'धीरे, धीरे, नन्ही गुड़िया!' उस सफेद दाढ़ीवाले आदमी ने शशि की तरफ सिर हिलाते और मुसकराते हुए कहा, 'इन सीधी ढलानवाली सड़कों पर इतनी तेज दौड़ रही हो, तुम्हें चोट लग सकती है।'

गणपत, कमर से पूरी तरह झुका हुआ भिखारी, गरमियों में तो मैदानी इलाकों से आनेवाले सैलानियों से कुछ पैसे इकट्ठे कर लिया करता था, लेकिन सर्दियों में आस-पास कहीं भी बैठकर धूप खाया करता था और किसी को भी, जो उसकी बात सुने, पकड़कर बतियाया करता था। गणपत की उपेक्षा करना मुश्किल था, क्योंकि भले ही उसकी कमर झुकी हुई थी, वह बहुत शालीन था और उसकी लंबी सफेद दाढ़ी तथा प्रभावशाली आँखें हर किसी का सम्मान हासिल कर लेती थीं। उसकी आवाज भी बहुत शक्तिशाली थी, जिसे काफी दूर से सुना जा सकता

था। लोग कहते थे कि वह कभी अभिनेता रहा था।

लोग उसके बारे में कई बातें कहते थे और लंढौर के आस-पास एक अफवाह भी प्रचलित थी कि गणपत भिखारी के वेश में पुलिस का कोई भेदिया था। वह थोड़ी-बहुत अंग्रेजी बोल लेता था और उसकी उर्दू व हिंदी बहुत अच्छी थी। वह कभी भी सीधे पैसे नहीं माँगता था। वह केवल आपको अपनी उपस्थिति का एहसास कराता था, फिर मौसम पर टिप्पणी करता था और यह कि अगर उसके पास पैसे होते तो इस समय वह भी एक कप चाय का आनंद ले रहा होता। और तब, स्वाभाविक है, आप उसे चाय के लिए पैसे दे देते हैं। यह, जैसा कमल ने कहा, मनोविज्ञान था, भीख नहीं थी।

विजय से अपने रंग वापस लेने के बाद शशि ने कहा, 'जावेद खान, मैंने इस झुकी हुई कमरवाले भिखारी के बारे में बहुत सी कहानियाँ सुनी हैं; लेकिन मुझे पता नहीं उनमें से कौन सी सच है। वह भिखारी कैसे बना? उसकी कमर कैसे मुड़ गई?'

'यह एक बहुत लंबी कहानी है।' जावेद खान ने कहा, 'और मैं नहीं जानता, तुम इस पर विश्वास भी करोगे! इसके अलावा, उसने मुझे इस बारे में बहुत ज्यादा बातें करने के लिए मना किया है।'

'तब तो विजय को घर भेज दो।' कमल ने कहा, 'और केवल मुझे और शशि को बता दो, हम इसे एक राज रखेंगे।'

'मैं किसी को नहीं बताऊँगा।' विजय ने वहाँ से हिलने का कोई संकेत न देते हुए कहा।

'सच है, विजय समझदार है।' जावेद खान ने कहा, 'बहुत से बड़े लोगों से अधिक, जिन्हें मैं जानता हूँ उनसे अधिक, वास्तव में झुकी हुई कमरवाले भिखारी से अधिक।'

जावेद खान ने कहना शुरू किया, 'लगभग 30 साल पहले झुकी कमरवाला भिखारी, जिसका नाम गणपत है, बिल्कुल सीधा और खड़ा

था। उस समय वह एक नौजवान था, उसकी शादी हुई ही थी। हालाँकि उसके पास कई एकड़ जमीन थी, वह अमीर नहीं था और गरीब भी नहीं था। जब वह अपनी फसल 5 मील दूर बाजार में ले जाता था, वह बैलगाड़ी का उपयोग करता और गाँव की धूल भरी सड़क पर चलकर जाता था। उसका गाँव हमारे नीचे फैली घाटी में स्थित था।'

हर रात को घर लौटते समय गणपत को पीपल के एक पेड़ के पास से गुजरना होता था, जिस पर किसी भूत का वास बताया जाता था। उसे कभी पेड़ पर भूत नहीं मिला था और वह इसमें विश्वास भी नहीं करता था; लेकिन भूत का नाम, जो उसे बताया गया था, बिपिन था, जो कि बहुत पहले एक डाकू था और उसे उसी पेड़ पर फाँसी दी गई थी। तब से ही बिपिन का भूत उस पेड़ पर रहता था और अकसर उन लोगों पर झपट पड़ता था, जिन्हें वह पसंद नहीं करता था। कभी-कभी उनकी पिटाई करता था तो कभी उनके गले पर कूदकर उनकी पाचन-क्रिया गड़बड़ कर देता था। शायद गणपत के बार-बार उस पेड़ के नीचे से आने-जाने के कारण बिपिन उससे नाराज हो गया था, क्योंकि एक रात को उसने गणपत पर हमला करने का फैसला कर लिया। उसने पेड़ से छलाँग लगाई और रास्ता रोककर सड़क के बीचोबीच खड़ा हो गया।

वह चिल्लाया, 'तुम अपनी बैलगाड़ी से नीचे उतरो, मैं तुम्हें मारने जा रहा हूँ।'

गणपत, जाहिर है, सकते में आ गया; लेकिन उसे इसका कोई कारण नजर नहीं आया कि उसे भूत की आज्ञा क्यों चाहिए?

'मेरा मरने का कोई इरादा नहीं है।' उसने जवाब दिया।

'तुम खुद गाड़ी पर चढ़ जाओ!'

'बोला न! किसी आदमी की तरह!' बिपिन चिल्लाया और उछलकर बैलगाड़ी पर गणपत के पास पहुँच गया, 'लेकिन मुझे इसका कोई एक अच्छा सा कारण बताओ कि मैं क्यों तुम्हारी जान न लूँ?'

'अगर तुमने मुझे मार दिया तो बाद में बहुत पछताओगे। मैं एक गरीब आदमी हूँ और मेरी एक पत्नी है, जिसका मैं ही सहारा हूँ।'

'तुम्हारे गरीब होने से इसका कोई संबंध नहीं है।' बिपिन ने कहा।

'ठीक है, तो मुझे अमीर बना दो, अगर तुम बना सकते हो।'

'तो तुम समझते हो कि मेरे पास तुम्हें अमीर बनाने की शक्ति नहीं है ?'

'मैं तुम्हें मुझे अमीर बनाने की चुनौती देता हूँ।' गणपत ने कहा।

'तो चलते रहो,' बिपिन चिल्लाया, 'मैं तुम्हारे साथ तुम्हारे घर चल रहा हूँ।'

गणपत ने बैलगाड़ी गाँव की तरफ बढ़ा दी। बिपिन पीछे बैठा हुआ था।

'मैंने ऐसी व्यवस्था की है।' बिपिन ने कहा, 'अन्य कोई नहीं, केवल तुम मुझे देख सकोगे। और दूसरी बात, मुझे हर रात तुम्हारे पास सोना होगा और किसी को इसका पता नहीं लगना चाहिए। अगर तुमने मेरे बारे में किसी को बताया तो मैं निश्चित रूप से तुम्हें मार डालूँगा।'

'चिंता मत करो,' गणपत ने कहा, 'मैं किसी को भी नहीं बताऊँगा।'

'अच्छा है !' बिपिन ने कहा, 'मैं तुम्हारे साथ रहने का इंतजार कर रहा हूँ। वहाँ पेड़ पर रहते हुए मैं अकेलापन महसूस कर रहा था।'

तो, बिपिन गणपत के साथ रहने आ गया और वे हर रात एक-दूसरे के साथ सोने लगे और उनमें बहुत अच्छी पट रही थी। बिपिन उतना ही अच्छा था, जितने उसके शब्द थे और कल्पनीय व अकल्पनीय स्रोतों से पैसा बरसने लगा, जब तक गणपत इस स्थिति में नहीं पहुँच गया कि और जमीन तथा मवेशी खरीद सके। किसी को भी उसके बिपिन के साथ सहयोग के बारे में पता नहीं था। हालाँकि स्वाभाविक है, उसके मित्र और रिश्तेदार जरूर आश्चर्य करते थे कि इतना धन आ कहाँ से रहा था! इसी समय के दौरान गणपत की पत्नी रात को लगातार उसकी

अनुपस्थिति से चिंतित थी। पहले तो उसने अपनी पत्नी को बताया था कि उसकी तबीयत ठीक नहीं थी, इसलिए वह बरामदे में सोएगा। फिर उसने कह दिया कि रात को कोई उसकी गाय चुराने की कोशिश कर रहा था, इसलिए उसे उनकी रखवाली करनी होगी। इसके बाद बिपिन और वह गायों के बाड़े में सोए।

गणपत की पत्नी रात को अकसर उसकी जासूसी करती थी; लेकिन उसने उसे हमेशा गायों के बीच में सोते हुए ही पाया। उसके अजीब व्यवहार को समझ पाने में असमर्थ रहने पर उसने यह बात अपने माता-पिता को बताई। वे गणपत के पास आए और उससे पूछताछ की।

गणपत के खुद के रिश्तेदार भी उसकी आय में वृद्धि का स्रोत बताने पर जोर दे रहे थे। एक दिन चाचा-चाचियाँ और दूर के चचेरे भाई, सब यह जानने के लिए उसके घर आ धमके कि यह सब पैसा आ कहाँ से रहा था?

'क्या आप लोग चाहते हो कि मैं मर जाऊँ?' अपना धैर्य खोते हुए गणपत ने कहा, 'अगर मैं अपनी दौलत का कारण आपको बताता हूँ तो मैं सबकुछ खो दूँगा।'

लेकिन उन्होंने इसे एक चालाकी भरा बहाना मानते हुए उसका मजाक उड़ाया, क्योंकि उन्हें शक था कि वह इस सारे पैसे को अपने पास ही रखना चाहता था। अंत में, वह सब लोगों की माँगों से इतना तंग आ चुका था कि उसने सारी सच्चाई उगल दी। उन्होंने इस सच्चाई पर भी विश्वास नहीं किया (लोग कम ही करते हैं); लेकिन इससे उन्हें बातें करने का एक विषय मिल गया था और वे कुछ समय के लिए चले गए।

लेकिन उस रात को बिपिन गायों के बाड़े में सोने नहीं आया। गणपत गायों के साथ अकेला सोया। उसे डर लग रहा था कि अगर वह सो गया तो जब वह सोया हुआ होगा, बिपिन उसे मारने का फैसला कर सकता है। लेकिन ऐसा लगता था कि भूत की भावनाएँ इतनी आहत

हुई थीं कि वह वहाँ से चला गया था और गणपत को उसके हाल पर छोड़ गया था। गणपत को पूरा यकीन था कि उसके अच्छे भाग्य का अब अंत आ चुका था।

अगले दिन जब वह बाजार से अपने गाँव के लिए बैलगाड़ी से लौट रहा था तो पीपल के पेड़ से बिपिन ने छलाँग लगाई।

'झूठा दोस्त!' बैलगाड़ी को रोकते हुए वह चिल्लाया, 'मैंने तुम्हें वह सबकुछ दिया, जो तुम चाहते थे, फिर भी तुमने मेरे साथ विश्वासघात किया!'

'मुझे बहुत खेद है।' गणपत ने कहा, 'तुम चाहो तो मेरी जान ले सकते हो।'

'नहीं, मैं यह नहीं कर सकता।' बिपिन ने कहा, 'हम लंबे समय तक दोस्त रहे हैं; लेकिन मुझे तुम्हें दंड तो देना ही होगा।'

पीपल के पेड़ से एक डाली तोड़कर उसने उससे गणपत की पीठ पर इतनी बार मारा, जब तक कि उसकी कमर पूरी तरह से झुक नहीं गई।

'उसके बाद,' कहानी समाप्त करते हुए जावेद खान ने कहा, 'वह फिर से सीधा नहीं हो सका और बीस साल से अधिक समय से वह इस विकृत रूप में रह रहा है। उसकी पत्नी उसे छोड़कर अपने परिवार में चली गई और वह अब खेत में काम करने लायक नहीं रहा था। इसलिए उसने गाँव छोड़ दिया और जीने के लिए भीख माँगता हुआ एक स्थान से दूसरे स्थान पर भटकने लगा। इसी तरह से वह लंढौर आ पहुँचा और उसने यहीं रहने का फैसला किया। यहाँ के लोग अन्य स्थानों की बजाय अधिक दयालु लगते हैं, कम-से-कम गणपत ऐसा सोचता है। और इतनी ऊँचाई पर यहाँ कोई पीपल का पेड़ नहीं है।'

'लेकिन उस धन का क्या हुआ, जो उसने बिपिन से प्राप्त किया था?' कमल ने पूछा।

'वह गायब हो गया।' जावेद खान ने कहा, 'जैसे इस प्रकार की

सभी चीजों को होना चाहिए। उस धन का क्या महत्त्व है, जिसके लिए तुमने खुद कोई मेहनत नहीं की है?'

जब शशि, कमल और नन्हे विजय ने कश्मीरी दुकान छोड़ी तो झुकी हुई कमरवाला भिखारी अभी भी सड़क पर था। जब वे उसके पास से गुजरे तो उसने सिर हिलाया और मुसकराया। उसके बाद विजय, जो शरारत करने की चाह को रोक नहीं पा रहा था, वृद्ध आदमी के पास गया और एक डरावनी कानाफूसी में कहा, 'बिप्पिन!'

झुकी हुई कमरवाला भिखारी मुसकराए और सिर हिलाए बिना नहीं रह सका, लेकिन (शायद यह केवल उनकी कल्पना थी) वह थोड़ा सा सीधा होता हुआ प्रतीत हुआ था और शायद, शशि ने सोचा, अगर बिपिन फिर से इस वृद्ध को मिल जाए तो वह इसे पूरी तरह से सीधा कर सकता है और उसे फिर से अमीर बना सकता है। शायद झुकी हुई कमरवाला भिखारी भी इसे जानता था, क्योंकि वह काफी खुश नजर आ रहा था और पूरे लंढौर बाजार में खुशी से घूम रहा था।

□

एक लंबी कहानी

जावेद खान की दुकान के सामने एक सूचना लटकी हुई थी, जिस पर लिखा था—'आज नगद, कल उधार'। इसने उसे अनेक शरमिंदगीवाले क्षणों से बचाया है, जब ग्राहक सामान तो खरीदना चाहते थे, किंतु भुगतान बाद में करना चाहते थे।

जावेद खान ने कमल से कहा, 'बेशक यह नियम तुम पर लागू नहीं होता है, मेरे हुजूर! मुझे तुम्हारी ईमानदारी पर पूरा विश्वास है। मेरी सलाह केवल यह है कि कभी भी पैसों की बड़ी राशि न तो उधार दो और न ही उधार लो, क्योंकि उधार लेना या देना दोस्ती को दुश्मनी में बदल सकता है और कई जटिलताएँ उत्पन्न हो सकती हैं। इससे मुझे एक जाट और बनिए की कहानी याद आ रही है; लेकिन तुम शायद जल्दी में हो और कहानी सुनने के लिए रुक नहीं सकते।'

'मैं खाली हूँ।' कमल ने बैठते हुए कहा, 'जावेद खान, आप अपनी कहानी शुरू कीजिए।'

(जावेद खान ने कहना शुरू किया)—नीचे घाटी में एक गाँव में एक बनिया दुकानदार रहता था, जो गाँव की जरूरतें पूरी करने के लिए चावल, गेहूँ, नमक, मसूर और खाद्य तेल का भंडार रखता था। एक दिन खरीदारी करने के लिए पड़ोस के नगर को जाते समय रास्ते में उसे एक गरीब जाट (किसानों की एक जाति) मिला, जो एक बैंकर और उधार

देनेवाले महाजन को कर्ज की मासिक किस्त का भुगतान करने के लिए नगर की तरफ ही जा रहा था। कर्ज वास्तव में जाट के (परदादा) ने लिया था और आरंभ में यह मात्र पचास रुपए था; लेकिन उसके परदादा उसे चुका नहीं पाए थे और पिछले पचास सालों में ब्याज और चक्रवृद्धि ब्याज की वजह से यह राशि बढ़कर पचास हजार रुपए हो गई थी। उन दिनों यह रकम बहुत होती थी।

जाट यह सोचते हुए चला जा रहा था कि वह इस साहूकार के शिकंजे से कैसे आजाद हो सकता था? तभी बनिया आकर उससे मिला था।

'राम-राम, चौधरी।' बनिए ने कहा, जो सोचता था कि किसानों की बुद्धि के बारे में उसकी राय खराब थी, ग्राहकों के प्रति वह सदा विनम्र रहता था। 'मैं देख रहा हूँ कि तुम महाजन को अपनी किस्त का भुगतान करने के लिए जा रहे हो। जल्दी ही तुम्हें अपनी जमीन से भी हाथ धोना पड़ेगा। क्या उसे बचाने के लिए कुछ नहीं किया जा सकता?'

'कुछ भी करने के लिए बहुत देर हो चुकी है, शाहजी।' दोस्ताना जाट ने कहा। वह बनिए से ज्यादा लंबा था, क्योंकि जाट एक मजबूत व सुगठित लोगों की जाति है, लेकिन वह उसके अन्य लोगों की तरह से विनम्र और अच्छे स्वभाववाला था। कभी-कभी यह विनम्रता दूसरों पर यह प्रभाव डालती है कि वे साधारण बुद्धिवाले लोग हैं।

'जो होना जरूरी है, वह होना चाहिए।' बनिए ने दार्शनिक भाव से कहा, 'इसलिए हमें अपनी चिंताएँ भुला देनी चाहिए और कहानियाँ सुनाकर समय गुजारना चाहिए।'

'अच्छा विचार है, शाहजी! इससे यात्रा कम थकाऊ हो जाएगी। लेकिन एक शर्त होनी चाहिए, कहानी कितनी शानदार या वाहियात है, इसके निरपेक्ष हममें से कोई भी उसे झूठी नहीं कहेगा। जो कहेगा, उसे दूसरे को पाँच सौ रुपए देने होंगे।'

'मंजूर है।' बनिए ने कहा, 'तब मुझे अपनी कहानी पहले शुरू करने दो।'

'मेरे परदादा बनियों में सबसे महान् और अत्यधिक धनी थे।'

'सच है, हाँ, शाहजी सत्य है!' जाट ने कहा।

'एक समय उनके पास चालीस जहाजों का बेड़ा था, जिसके साथ वे चीन तक यात्रा करते थे और वहाँ कीमती जवाहरात एवं महँगे रेशम का व्यापार करते थे।'

'सच है, हाँ, शाहजी सत्य है!' जाट ने कहा।

'भारी लाभ कमाने के बाद वे अनेक मूल्यवान् आश्चर्यों के साथ घर लौटे। एक थी शुद्ध सोने की एक मूर्ति, जो उससे किए गए किसी भी सवाल का जवाब देने में सक्षम थी।'

'सच है, शाहजी!'

'जब मेरे परदादा घर आए तो अनेक लोग उनकी आश्चर्यजनक मूर्ति से अपने सवालों के जवाब पूछने आए थे। एक दिन तुम्हारे परदादा अपने सवालों के साथ आए। उन्होंने पूछा, 'सब लोगों में सबसे बुद्धिमान कौन है?' मूर्ति ने जवाब दिया, 'बनिए।' फिर उन्होंने पूछा, 'सबसे मूर्ख लोग कौन हैं?' मूर्ति ने जवाब दिया, 'जाट।' अंत में तुम्हारे परदादा ने मूर्ति से पूछा, 'और जाटों में सबसे मूर्ख कौन है?' और मूर्ति ने जवाब दिया, 'क्यों, निश्चय ही तुम हो।'

'सच है, हाँ, शाहजी सत्य है!' जाट ने कहा। मन में वह संकल्प कर रहा था कि वह बनिए को जैसे का तैसा जवाब देगा।

'अब मेरे पिता,' बनिए ने अपनी बात जारी रखी, 'एक महान् यात्री थे और दुनिया की सैर के दौरान उन्होंने कई आश्चर्य देखे थे। एक दिन उनके कान के पास मँडराते एक मच्छर ने उन्हें काटने की धमकी दी। मेरे पिता, जो मच्छर को मारना नहीं चाहते थे, ने उससे चले जाने का अनुरोध किया। मच्छर ऐसे सज्जनतापूर्ण व्यवहार पर चकित हुआ और बोला,

'माननीय शाहजी, आप महानतम व्यक्ति हैं, जिन्हें मैंने देखा है और मैं आपके लिए एक बड़ी सेवा करूँगा।' यह कहते हुए मच्छर ने अपना मुँह खोला और मेरे पिता ने उसके भीतर सुनहरे द्वारों एवं खिड़कियोंवाला एक बड़ा महल देखा और खिड़कियों में से एक पर उन्होंने अपने द्वारा देखी गई सबसे सुंदर राजकुमारी को देखा। महल के द्वार पर उन्होंने राजकुमारी पर हमला करने को तैयार एक किसान को देखा। मेरे पिता, जो बहुत बहादुर थे, तत्काल मच्छर के मुँह में कूदे और उसके पेट में प्रवेश कर गए। भीतर बहुत अँधेरा था।'

'सच है, हाँ शाहजी सत्य है!' जाट ने कहा।

'ठीक है, कुछ समय बाद अँधेरा साफ हो गया और मेरे पिता महल, राजकुमारी और किसान को देखने में सफल हो गए।। मेरे पिता तुरंत उस किसान के ऊपर गिरे, जो तुम्हारे पिता थे। वे मच्छर के पेट में एक साल तक लड़ते रहे। तुम्हारे पिता हार गए और मेरे पिता के सेवक बन गए। मेरे पिता ने राजकुमारी के साथ विवाह किया, जिसने मुझे जन्म दिया। फिर जब मैं पंद्रह साल का था, उस समय हमारे महल पर उबलते हुए गरम पानी की बरसात हुई, जिससे हमें एक खौलते हुए समुद्र में धकेलते हुए मकान ध्वस्त हो गया। बड़ी मुश्किल से हम तैरकर किनारे पर पहुँचे। वहाँ हम चारों—मेरे पिता, तुम्हारे पिता, राजकुमारी और मैं स्वयं—ने खुद को एक रसोई में पाया, जहाँ एक स्त्री हमें देखकर डर से काँप रही थी।'

'सच है, हाँ शाहजी सत्य है!'

जब बावर्चिन को यह एहसास हुआ कि हम भूत नहीं, इनसान थे तो उसने शिकायत की कि हमने उसके सूप को खराब कर दिया था। आप लोगों को मेरे खौलते हुए पानी के बरतन में प्रवेश करने और मुझे यूँ भयभीत करने की जरूरत क्यों पड़ी? उसने पूछा। हमने क्षमा माँगी और उसे समझाया कि हम पंद्रह साल तक मच्छर के पेट में रह रहे थे

और उसके बरतन में गिरने में हमारा कोई दोष नहीं था। 'ओह, अब मुझे याद आ रहा है। थोड़ी देर पहले एक मच्छर ने मेरी बाँह पर काटा था। हो न हो, उस मच्छर द्वारा ही आप लोगों को मेरी बाँह में प्रविष्ट कराया गया होगा। जब मैंने दबाकर जहर निकाला था तो एक काली-सी बूँद उबलते पानी में गिर पड़ी थी। मुझे इसका कोई खयाल नहीं था कि उसमें आप लोग थे।'

'जब हम रसोई से बाहर आए तो हमने खुद को एक दूसरे देश में पाया, जो कि यह गाँव था। यहाँ मेरे पिता ने दुकान खोल ली और मैंने उनके कारोबार को आगे बढ़ाया है। राजकुमारी, मेरी माँ का कुछ साल पहले निधन हो चुका है। यह मेरी कहानी है।'

'एक बिल्कुल सच्ची कहानी।' जाट ने कहा, 'मेरी कहानी हालाँकि कम सच्ची नहीं है, हाँ शायद उतनी शानदार नहीं। लेकिन है एकदम सच्ची। इसका एक-एक शब्द सत्य है।'

'मेरे परदादा गाँव के सबसे धनी जाट थे। उनकी सज्जन छवि और महान् बुद्धिमानी ने उनको हर उस व्यक्ति से प्रशंसा दिलाई, जो उनसे मिला था। गाँव की बैठकों में सबसे बढ़िया सीट हमेशा उनको दी जाती थी और हुक्के का पहला कश उन्हीं को पेश किया जाता था। वे समुदाय के तमाम विवादों का निपटान करते थे और उनके फैसलों पर कोई सवाल नहीं उठाता था। उनमें अद्‌भुत शारीरिक बल था। वे भीम सेन जितने शक्तिशाली थे और दुष्टों के लिए आतंक।'

'सच है, अरे चौधरी, सच है!' बनिए ने विस्मय से कहा।

'फिर मेरे परदादा गाँव को अपने सिर पर उठाए हुए बरसात की खोज में गए। जहाँ कहीं कभी बरसात होती थी, वहीं गाँव को ले जाते थे, ताकि बरसात का पानी सीधे खेतों में गिरे और उसे कुओं में एकत्रित किया जा सके। उसके बाद उन्होंने जाटों से (जो जाहिर है, अभी भी उनके सिर पर गाँव में थे) जमीन में हल चलाने और बीज बोने के लिए

कहा। जो फसल तैयार हुई, उतनी शानदार फसल पहले कभी नहीं हुई थी और गेहूँ व मक्का के पौधे इतने ऊँचे बढ़े थे कि आसमान को छू रहे थे।'

'सच है, अरे चौधरी सच है!' बनिए ने कहा।

'उसके बाद मेरे परदादा अपने देश में लौट आए और गाँव को उसके स्थान पर रख दिया। किसानों ने उस साल विपुल मात्रा में फसल काटी। मक्का का हर एक दाना तुम्हारे सिर के बराबर था।'

'सच है, अरे चौधरी सच है!' बनिए ने कहा, जो अपमान से चिढ़ रहा था; लेकिन उसने शर्त नहीं हारने का फैसला किया।

उस समय तक वे नगर के पास पहुँच चुके थे, लेकिन अभी जाट की कहानी खत्म नहीं हुई थी।

'उस समय तुम्हारे परदादा बहुत गरीब आदमी थे।' जाट ने कहा, 'और मेरे परदादा, जिन्होंने अपनी शानदार फसल से भारी मुनाफा कमाया था, ने उनको ग्राहकों के लिए चने तौलने के लिए एक नौकर के रूप में काम पर रख लिया था।'

'सच है, अरे चौधरी सच है!' बनिए ने बिगड़े हुए चेहरे के साथ कहा।

'एक जड़ बुद्धि होने के कारण तुम्हारे पूर्वज को अकसर मेरे परदादा से मार खानी पड़ती थी।'

'सच है, अरे चौधरी सच है!'

तब तक वे उस महाजन की दुकान में प्रवेश कर चुके थे, जाट जिसका कर्जदार था। साहूकार को नमस्ते करके वे उसके सामने फर्श पर बैठ गए। लेकिन जाट ने साहूकार से बोले बिना कहानी जारी रखी।

'हाँ तो शाहजी, जब मेरे परदादा ने फसल बेची तो तुम्हारे परदादा की छुट्टी कर दी थी। लेकिन जाने से पहले तुम्हारे पूर्वज ने मेरे पूर्वज से पचास रुपए का कर्ज माँगा था, जो उन्हें उदारतापूर्वक दे दिया गया था।'

'सच है, अरे चौधरी सच है।' बनिए ने कहा।

'ठीक,' जाट ने अपनी आवाज ऊँची करते हुए कहा, ताकि महाजन भी सुन सके, 'तुम्हारे पूर्वज ने वह कर्ज नहीं चुकाया था।'

'सच है, चौधरी सच है।' बनिए ने कहा।

'न तो तुम्हारे दादा ने और न ही तुम्हारे पिता ने वह कर्ज चुकाया और न ही तुमने इस समय तक वह कर्ज चुकाया है।'

'सच है, चौधरी सच है!' बनिए ने कहा।

'अब वह पचास रुपए की रकम ब्याज और चक्रवृद्धि ब्याज मिलाकर ठीक पाँच सौ रुपए हो गई है, जो रकम तुम पर मेरा कर्ज है।'

'सच है, चौधरी सच है!' बनिए ने कहा।

'तो तुमने महाजन के सामने कर्ज स्वीकार किया है। कृपया उस रकम का भुगतान महाजन को कर दो, ताकि मैं अपनी जमीन छुड़ा सकूँ।'

इसने बनिए को दुविधा में डाल दिया। उसने एक तीसरे पक्ष के सामने कर्ज होना स्वीकार किया था। अगर वह कहता कि यह तो केवल एक कहानी थी और बिल्कुल झूठी थी, उसे अपनी शर्त के नियम के अनुसार जाट को पाँच सौ रुपए देने पड़ते और अगर वह कहता कि यह सब सही था, तब भी उसे यह राशि महाजन को देनी थी।

'और इस प्रकार,' जावेद खान ने कहानी समाप्त करते हुए कहा, 'बनिए ने पाँच सौ रुपए का भुगतान किया और अपनी शेष जिंदगी में अपनी बेवकूफी पर पछताता रहा।'

□

गुम माणिक

भारी बर्फबारी होती रही थी और दो दिन से बच्चे अपने घरों से नहीं निकल सके थे, क्योंकि सड़कें अवरुद्ध थीं। अंत में जब रास्ते खुले और अधिकांश बर्फ पिघल चुकी तो वे बाजार की तरफ ऐसे दौड़े जैसे वे उसे पहली बार देख रहे हों।

उस शाम कमल, शशि, अनिल, मधु और नन्हा विजय (उनके दो या तीन अन्य मित्र) जावेद खान की दुकान में एकत्र हुए और शशि ने कहा, 'अब हमें एक कहानी सुनाइए, खान साहिब!'

'जो तुम्हारा आदेश, शशि।' जावेद खान ने कहा और अपना हुक्का गुड़गुड़ाते हुए उसने उन्हें एक और कहानी सुनानी आरंभ की—

एक बार की बात है (जावेद खान ने कहा), एक राजा था, जो एक महान् और शक्तिशाली सम्राट् था। एक दिन वह बहुत दुःखी था और जब वह दरबार में अपने मंत्रियों के साथ बैठा था। मुख्य मंत्री, जो एक भला और बुद्धिमान व्यक्ति था, ने पूछा, 'महाराज, आज आपकी आत्मा क्यों दुःखी है? महाराज को अपने मन में दुःख को नहीं आने देना चाहिए।'

राजा ने उसे अपना दुःख नहीं बताया। इसके विपरीत राजा ने अपने लिए अपने भले मंत्री की चिंता पर नाराज होते हुए कहा, 'आपके लिए यह कहना उचित हो सकता है। लेकिन अगर आपके पास दुःखी होने का कारण है तो मैं यकीन के साथ कहता हूँ कि आपके लिए वह सब

करना असंभव होगा, जिसका आपने अभी सुझाव दिया है।' और राजा ने अपने मुख्य मंत्री की परीक्षा लेने का फैसला किया और उससे दरबार बरखास्त होने के बाद शाही महल में प्रतीक्षा करने के लिए कहा।

तदनुसार मंत्री शाही महल की ओर चल दिया और अगले आदेश की प्रतीक्षा करने लगा। राजा ने एक हाथी दाँत की डिबिया में से एक बहुमूल्य माणिक निकाला और उसे मंत्री के हाथ पर रखते हुए उससे इसकी बहुत सावधानी से देखभाल करने को कहा।

जब मंत्री घर पहुँचा तो उसने पाया कि उसकी पत्नी सुगंधित पान चबाते हुए गद्दे पर आराम कर रही थी। उसने वह माणिक रखने के लिए अपनी पत्नी को दे दिया। उसकी पत्नी ने माणिक को अपनी नगद पेटी के एक खाने में डाल दिया और इसके बारे में आगे नहीं सोचा।

राजा ने जैसे ही अपने मंत्री को माणिक दिया था, उसी समय उसने अपनी महिला गुप्तचरों को उसका पीछा करने और यह चिह्नित करने के लिए तैनात कर दिया था कि आभूषण को कहाँ रखा गया था। कुछ दिन बाद उसने मंत्री के घरेलू नौकर को माणिक को चुराने के लिए घूस दी। जब आभूषण उसके पास लाया गया तो राजा नदी की तरफ मुँह करके अपने महल के झरोखे में बैठा था। उसे नौकर के हाथ से लेकर राजा ने जान-बूझकर नदी में फेंक दिया।

अगली सुबह दरबार बरखास्त होने के बाद उसने मुख्य मंत्री से पूछा, 'उस दिन मैंने आपको रखने के लिए जो माणिक दिया था, वह कहाँ है?'

मंत्री ने जवाब दिया, 'वह मेरे पास है, जहाँपनाह।'

'अच्छा, तो,' राजा ने कहा, 'जाओ और उसे लेकर आओ, क्योंकि मैं उसे अभी चाहता हूँ।'

बेचारे मंत्री के आश्चर्य की कल्पना कीजिए, जब घर पहुँचने पर माणिक कहीं भी नहीं मिला था। वह फौरन वापस राजा के पास पहुँचा

और उसे माणिक के गुम होने के बारे में सूचित किया, 'महाराज,' उसने कहा, 'अगर आप मुझे कुछ दिन की मोहलत दें तो मुझे आशा है कि मैं उसे ढूँढ़कर आपके पास ले आऊँगा।'

'बहुत अच्छा।' राजा ने मन में हँसते हुए कहा, 'मैं आपको तीन दिन देता हूँ, जिनमें आपको वह माणिक ढूंढ़ना है। अगर इस समय के समाप्त होने तक आप उसे ढूंढ़ने में विफल होते हैं तो आपको और जो आपके प्रिय हैं, उन सभी को जान से हाथ धोना पड़ेगा। और आपके घर को जलाकर धराशायी कर दिया जाएगा, जिसको गधों से जोता जाएगा!'

मंत्री भारी मन से महल से निकला। उसने गुम माणिक की हर जगह तलाश की, लेकिन उसके रहस्यमयी तरीके से गायब होने के कारण उसके पास उसे ढूंढ़ पाने की ज्यादा उम्मीद नहीं थी।

उसने सोचा, मेरे पास कोई नहीं है, जिसके पास मैं अपनी धन-संपत्ति छोड़ सकूँ। अकेली मेरी पत्नी ही है, जो मुझे प्रिय है और ऐसा लगता है, तीन दिन बाद हम दोनों को ही मरना होगा। इस अवधि के दौरान हमारे लिए आनंद उठाने से बेहतर और क्या हो सकता है? हमारे पास जो भी समय बचा है, हम उसका सर्वोत्तम उपयोग करेंगे।

इस मनोदशा के साथ वह घर पहुँचा और राजा के फैसले के बारे में अपनी पत्नी को बताया।

'हमें अपनी दौलत को उदारता से और खुले हाथ से खर्च करना चाहिए।' उसने कहा, 'क्योंकि हम जल्दी ही मर जाएँगे।'

उसकी पत्नी ने गहरी साँस ली और कहा, 'जैसा तुम चाहो! किस्मत ने हमारे साथ बड़ी चोट की है। हमें इसे शालीनता और अच्छी भावना से लेना चाहिए।'

उस दिन मंत्री के घर में एक शानदार आनंदोत्सव की शुरुआत देखी गई। सभी प्रकार के संगीतकार बुलाए गए थे। सभी कक्ष अतिथियों से भरे हुए थे, जो यह आश्चर्य करते हुए आए थे कि मंत्री को भाग्य ने

ऐसा क्या दे डाला है! स्वादिष्ट भोजन परोसा गया और घर में दिन व रात संगीत तथा ठहाके गूँजते रहे।

इसके अलावा, बड़ी मात्रा में भोजन तैयार किया गया और गरीबों में बाँटा गया। घर आनेवाले किसी भी व्यक्ति को भोजन किए बिना नहीं जाने दिया गया। जो व्यापारी अपने ताजा फलों के उपहार लेकर आए थे, उन्हें विदाई में सोने के सिक्के दिए गए और वे वहाँ से प्रसन्नता के साथ गए।

पास के ही एक गाँव में फूल बेचनेवाली एक गरीब और एक मछुआरिन रहती थीं। दोनों पड़ोसिनें थीं और करीबी मित्र थीं। संयोग से फूल बेचनेवाली का बाजार जाना हुआ, जहाँ उसने मंत्री के घर में भव्य आयोजन के बारे में सुना। इसलिए वह जल्दी से वनस्पतियों और मालाओं के साथ वहाँ पहुँची और एक सोने का सिक्का प्राप्त किया। फिर वह अपनी मित्र के घर गई और उसे उपहार में एक मछली लेकर मंत्री के घर जाने की सलाह दी, जो बदले में उसे भी उसी तरह से सम्मानित करेगा।

मछुआरिन बहुत गरीब थी। उसका पति रोजाना मछली पकड़ने जाता था; लेकिन बहुत कम ही ऐसा होता था, जब वह कोई बड़ी मछली पकड़ पाता था। जो मछलियाँ वह पकड़कर लाता था, वे इतनी छोटी होती थीं कि उनको बेचने से थोड़े से पैसे ही मिल पाते थे। इसलिए मछुआरिन ने खुद से कहा, 'जो छोटी-छोटी मछलियाँ मेरा पति पकड़कर लाता है, वे मंत्री को उपहार में देने लायक नहीं होंगी। वह केवल अपमानित ही अनुभव करेगा।' और इससे अधिक उसने नहीं सोचा।

लेकिन अगली सुबह सौभाग्यशाली रही, जब उसके पति ने भारतीय ताजा पानी की सबसे स्वादिष्ट एक बड़ी रोहू मछली पकड़ी। अपने सौभाग्य पर प्रसन्न होकर वह उसे अपनी पत्नी को दिखाने के लिए घर लाया, जिसने तुरंत मछली को एक टोकरी में रख दिया, उसे एक साफ कपड़े से ढँका और जल्दी से मंत्री के घर की ओर चल दी।

मंत्री इतनी बढ़िया, बड़ी रोहू मछली को देखकर वास्तव में बहुत खुश हुआ और उसे एक सोने के सिक्के की जगह दो सोने के सिक्के दिए। मछुआरिन की खुशी का ठिकाना नहीं था। उस इनाम के साथ वह दौड़कर घर पहुँची, जो उसके और उसके पति के लिए कई महीनों तक आराम से रहने के लिए पर्याप्त था।

यह मंत्री और उसकी पत्नी की जिंदगी के तीसरे और अंतिम दिन हुआ था। अगले दिन उसे और उसकी पत्नी को फाँसी होने वाली थी। मछली करी का बहुत शौकीन होने के कारण उसने अपनी पत्नी से कहा, 'आज दोपहर के खाने में हमें तुम्हारी स्वादिष्ट मछली करी बनवानी चाहिए। हम फिर कभी इसका आनंद नहीं ले सकेंगे। अब यह एक बढ़िया रोहू मछली है। चलो, इसे रसोई में ले चलते हैं और इसे साफ करवाते हैं।'

वह और उसकी पत्नी बैठकर मछली का काटा जाना देख रहे थे। रसोइए ने अपना चाकू निकाला और काम शुरू किया।

जैसे ही रसोइए ने चाकू मछली के पेट में डाला, वही माणिक बाहर आकर गिरा, जिसे नदी में फेंक दिया गया था।

मंत्री और उसकी पत्नी के अचरज व खुशी का कोई ठिकाना नहीं था। उन्होंने सुगंधित जल से माणिक को धोया और फिर मंत्री जल्दी से उसे लेकर राजा को लौटाने के लिए चल दिया।

राजा भी उस माणिक को देखकर अचंभित था, जिसे उसने नदी में फेंक दिया था। उसने तत्काल उसके पाए जाने के बारे में स्पष्टीकरण माँग लिया। मंत्री ने राजा को बताया कि कैसे उसने अपनी सारी दौलत को खर्च करने का फैसला किया था और कैसे उसे एक मछली का उपहार मिला था, जिसे जब काटा गया तो उसमें से गुम माणिक मिला था।

तब राजा ने अपनी उस भूमिका को स्वीकार किया, जो उसने माणिक के गायब होने में निभाई थी। 'लेकिन मैं देखता हूँ कि आप

अपनी सलाह लेकर मेरे पास आए।' उसने कहा, 'दु:ख को खुशी से सहन करो!' उसने मंत्री को उच्च सम्मान दिया और अपने सभी दरबारियों एवं मंत्रियों के सामने उसकी बुद्धिमानी तथा सूझ-बूझ की प्रशंसा की।

और इस प्रकार मंत्री का दुर्भाग्य सौभाग्य में बदल गया।

'और सभी अच्छाइयों के दाता प्रभु की इसी प्रकार अपने भक्तों पर कृपा हो।' जावेद खान ने कहा।

□

हीरा और लाल की दोस्ती

'तुम्हारे जैसे बच्चों के बीच में,' एक शाम जावेद खान ने अपने हुक्के को गुड़गुड़ाते हुए कहा, 'जाति और धर्म के भेद शायद ही कभी अनुभव किए जाते हैं, क्योंकि तुम लोग कई मायनों में अपने बड़ों से बहुत ज्यादा बुद्धिमान हो। लेकिन जब तुम बड़े हो जाओगे तो पाओगे कि जाति व धर्म को जरूरत से ज्यादा महत्त्व दिया जाता है और लोग किसी व्यक्ति के साथ व्यवहार करने से पहले उसकी जाति या विश्वास को जानने की इच्छा रखने लगते हैं। जब तुम ऐसे प्रश्न पूछना शुरू करते हो तो तुम वह चीज खो देते हो, जो जीवन में मूल्यवान् और सुंदर है।'

जावेद खान के व्याख्यान से जरा चकराए हुए कमल ने पूछा, 'जैसे क्या?'

'जैसे दोस्ती और प्रेम और खुशी। यह कहानी सुनो, जो उतनी ही पुरानी है, जितनी पुरानी ये पहाड़ियाँ हैं।'

एक खास नगर में (जावेद खान ने कहा) एक घसियारा रहता था, जो जंगल से घास काटकर उसे कुछ पैसों में नगर में बेचकर अपना जीवन निर्वाह करता था। एक दिन, हमेशा की तरह, वह सुबह जल्दी उठा और जंगल में घास काटने गया। जब वह एक बड़ा गट्ठर बनाने के लिए पर्याप्त घास काट चुका तो उसे याद आया कि जिस रस्सी का उपयोग

वह गट्ठर को बाँधने के लिए किया करता था, वह रस्सी तो घर पर ही छूट गई थी। वह काफी परेशान हो गया, क्योंकि इसका मतलब था कि वह दिन भर की मेहनत और आय गँवा चुका था; लेकिन जब वह निराश मन से घर की तरफ जा रहा था, अचानक उसकी नजर अपने सामने कुछ दूरी पर पड़ी हुई एक चमकीली रस्सी जैसी दिखनेवाली चीज पर गई।

घसियारे ने रस्सी अपने हाथ में उठाई; लेकिन जैसे ही उसने ऐसा किया, रस्सी एक लंबे हरे साँप में परिवर्तित हो गई। उसने तुरंत उसे हाथ से फेंक दिया और जैसे ही साँप ने जमीन को छूआ, वह एक बहुमूल्य चमकदार माणिक या लाल में बदल गया।

घसियारे को माणिक के मूल्य के बारे में कुछ पता नहीं था; लेकिन वह उसे अपनी अंटी में बाँधकर घर लौट गया। अगली सुबह वह महल में गया और वह कीमती रत्न राजा को भेंट कर दिया। राजा बहुत खुश हुआ और उसने घसियारे को उदारता से भुगतान किया, जो उसके अपने शेष जीवन में बिना घास काटे आराम से रहने के लिए पर्याप्त था।

राजा को विश्वास था कि रानी इस कीमती रत्न की प्रशंसा करेंगी। वह उसे घर में ले गया और रानी को भेंट कर दिया। लेकिन जैसे ही रानी ने उस माणिक को अपने हाथ की हथेली पर रखा, वहाँ माणिक नहीं, एक सुंदर नवजात शिशु था।

चूँकि रानी के अपनी कोई संतान नहीं थी, उसने उस बच्चे की देखभाल करना और उसे लाड़-प्यार से पालना शुरू कर दिया। जब लाल आठ साल का हुआ तो राजा ने उसे पढ़ने के लिए पाठशाला भेजा, जिसमें राजकुमार और राजकुमारियों को ही पढ़ाया जाता था। वहाँ उसकी भेंट एक सुंदर राजकुमारी से हुई, जिसका नाम हीरा था और वे करीबी दोस्त बन गए।

समय गुजरने के साथ वे बड़े हो गए और स्कूल छूट गया। उनका बचपन का प्यार उत्तरोत्तर और मजबूत होता गया। अंततः यह बात लाल

के पालक पिता राजा ने इसके बारे में सुना तो उसने तुरंत लड़के को हीरा से नहीं मिलने का आदेश जारी कर दिया। इसी बीच हीरा के माता-पिता ने उसकी सगाई एक बहुत शक्तिशाली राजा से कर दी थी, जो बूढ़ा था, एक आँखवाला था और जिसकी कमर दोहरी हो चुकी थी। जब लाल ने निकट आ रही शादी के बारे में सुना तो वह गुपचुप तरीके से महल से निकला और एक चुस्त घोड़े पर सवार होकर हीरा के पिता के राज्य की तरफ चल दिया।

लाल ऐन विवाह वाले दिन उस नगर में पहुँचा। दुल्हन महल से बाहर निकली, जिसके पीछे लोगों का एक लंबा जुलूस था। लोग सुसज्जित सड़कों पर हाथों में मशालें और ढोल लिये चल रहे थे। जब जुलूस मुख्य सड़क से गुजरा तो हीरा की नजर लाल पर पड़ गई, जो हाथ से उसे इशारा कर रहा था। जब उत्सव का शोर अपने चरम पर था, हीरा वहाँ से खिसक गई और लाल से जा मिली। उसके बाद एक लड़के के वेश में (जिसमें वह काफी हद तक लाल जैसी ही दिख रही थी) लाल के साथ घोड़े पर सवार होकर नगर से बाहर निकल गई। वे बहुत तेजी से बहुत दूर निकल गए। जब वे एक जंगल से धड़धड़ाते हुए निकले तो उनके घोड़ों के खुरों की टापों से आग की चिनगारियाँ निकल रही थीं। वे आगे और आगे बढ़ते गए, जब तक कि सूर्यास्त नहीं हो गया और तारे नहीं निकल आए। जब अँधेरा हो गया और उन्हें लगा कि अब वे पीछा करनेवालों से सुरक्षित थे, उन्होंने सड़क किनारे एक छोटी सी झोंपड़ी में शरण ली, जहाँ एक बुढ़िया ने उनका स्वागत किया।

हीरा और लाल अगले दिन घोड़े पर सवार होकर आगे बढ़ गए। कई दिन बाद वे एक बड़े नगर में पहुँचे, जहाँ वे एक धर्मशाला में ठहरे।

हीरा को धर्मशाला में छोड़कर लाल कुछ खरीदारी करने के लिए बाहर गया। हर दुकान पर उसने दुकानदार से कहा कि वह खरीदा गया सामान वापसी के समय ले लेगा और उन्हें अग्रिम भुगतान करता गया।

सँकरी सड़क के अंत में उसे पान की एक दुकान मिली, जिसे एक वृद्धा स्त्री चलाती थी, जो वास्तव में एक जादूगरनी थी; लेकिन लाल यह नहीं जानता था और उसने उसे कुछ पान देने को कहा।

'अंदर आओ, सुंदर राजकुमार!' जादूगरनी ने कहा, 'मैं तुम्हें जितने चाहो, उतने पान दूँगी।'

लाल दुकान के अंदर चला आया और क्षण भर में जादूगरनी ने उसे एक बकरा बना दिया।

जब लाल धर्मशाला में नहीं लौटा (जब बच्चों ने अपने आश्चर्य पर काबू पा लिया तो जावेद खान ने बात जारी रखते हुए कहा), हीरा उसकी खोज में गई। उसने अभी भी लड़के के कपड़े पहने हुए थे। जब वह उसी सड़क से गुजरी, जिसमें लाल ने खरीदारी की थी, दुकानदारों ने उसे गलती से वही लड़का समझते हुए उससे वे सामान लेने के लिए कहा, जो उसने खरीदे थे। इस तरह से वह पान की दुकान पर पहुँच गई और कुछ पान देने के लिए कहा।

'अंदर आओ, सुंदर राजकुमारी।' जादूगरनी ने कहा, 'मैं तुम्हें जितने चाहो, उतने पान दूँगी।'

'मैं इतनी मूर्ख नहीं हूँ।' हीरा ने शक करते हुए कहा कि हो न हो, लाल के गायब होने में इस पान बेचनेवाली का हाथ हो सकता है। मुड़कर सड़क पर वापस जाते समय हीरा को एक स्त्री मिठाइयाँ बनाती हुई मिली, जो बनाते समय रोती जा रही थी।

'माँ, तुम रो क्यों रही हो?' हीरा ने कहा।

'तुम क्यों पूछती हो, मेरी बच्ची?' स्त्री ने कहा, 'इस नगर के राजा के एक सुंदर बेटी है, जिसके लिए हर रोज एक नवयुवक की बलि दी जाती है। आज मेरे बेटे की बारी है और ये अंतिम मिठाइयाँ हैं, जो मैं उसके लिए अभी बनाऊँगी।'

'रोओ मत, माँ।' हीरा ने कहा, 'तुम्हारे बटे की जगह मैं जाऊँगी

उस भयानक राजकुमारी के पास।'

वृद्धा स्त्री बहुत कृतज्ञ हुई और उसने सारी मिठाइयाँ हीरा को खाने के लिए दे दीं। उनमें से कुछ खाने के बाद वह महल की तरफ चल दी, जहाँ राजा के अधिकारी उसे राजकुमारी के कक्ष की तरफ ले गए।

पहले तो राजकुमारी ने हीरा के साथ बहुत शालीन व्यवहार किया, लेकिन बाद में जब वह हीरा के साथ अकेली थी, उसमें अचानक बदलाव आ गया। उसके मुँह से झाग निकलने लगे और वह अपने बालों को नोचने लगी। वह जमीन पर लुढ़क गई और विकृत हो गई तथा चीखने लगी। जब वह निढाल हो गई तो वह गहरी बेहोशी में गिर गई। जब वह बेहोश पड़ी थी तो उसकी बाईं जाँघ फटकर खुल गई और उसमें से एक भयानक काला सर्प निकला।

सर्प एक तेज फुफकार के साथ सीधा हीरा की तरफ झपटा। उसकी कटी हुई जीभ तेजी से बाहर निकल रही थी। लेकिन हीरा हालाँकि भयभीत थी, उसने अपने होश नहीं खोए। जैसे ही सर्प उसके नजदीक आया, उसने अपनी तलवार उठाई और एक ही वार में सर्प के सिर को काट डाला। हीरा पूरी रात बेहोश राजकुमारी के साथ रही और सुबह तक उसे होश में ले आई।

जब राजा को पता चला कि जिस सर्प ने उसकी बेटी पर इतने लंबे समय से अधिकार जमाए रखा था, उसे हीरा नाम के एक युवक द्वारा मार दिया गया है तो वह बहुत खुश हुआ और हीरा को अपने पास बुलाकर उससे पूछा कि उसे क्या इनाम चाहिए?

'मुझे कुछ घंटों के लिए राजा बना दीजिए।' हीरा ने कहा और उसके इस अनुरोध को राजा ने खुशी से स्वीकार कर लिया तथा अधिकारियों को हीरा के आदेश मानने का हुक्म दिया।

जैसे ही हीरा सिंहासन पर बैठी, उसने एक मुनादी वाले को नगर में भेजा, जो जोर-जोर से चिल्लाकर घोषणा कर रहा था, 'सब यह जान

लें कि राजा ने हुक्म दिया है कि सभी नागरिक, आदमी या औरत, जवान या बूढ़ा, अपने मवेशियों, पक्षियों और जानवरों के साथ फौरन महाराज के सामने उपस्थित हों।'

हर कोई अपने साथ मवेशियों और जानवरों को लेकर महल की तरफ चल पड़ा और जब वे सब हीरा के सामने इकट्ठे हो गए तो यह पाया गया कि पान बेचनेवाली उनमें नहीं थी। राजा के अधिकारी फौरन पान बेचनेवाली के घर पहुँचे और उसे तथा उसके बकरे को लेकर हीरा के पास आ गए। बकरे ने जैसे ही हीरा को देखा, वह दौड़कर हीरा से लिपटने लगा।

हीरा फौरन पहचान गई कि वह बकरा ही लाल था, इसलिए उसने जादूगरनी से उसे बेचने के लिए कहा।

'हे सर्वशक्तिमान, राजन!' पान बेचनेवाली स्त्री ने कहा, 'मैंने इस बकरे को पूर्णमासी के दिन माँ काली को बलि चढ़ाने के लिए रख रखा है। मेरी धार्मिक मनौती मुझे इस बकरे को आपको बेचने की इजाजत नहीं देती है।'

यह सुनते ही हीरा ने चिल्लाकर कहा, 'बाँध दो इस चुड़ैल को और डाल दो जेल में!'

पान बेचनेवाली स्त्री को दूर ले जाया गया। हीरा ने बकरे के पंजे को अपने हाथों में लिया और खास मंत्रों व जादुई श्लोकों का उच्चारण करके लाल को वापस मानव रूप में ले आई।

उसके बाद हीरा सिंहासन से उतरकर रनिवास में गई और अपने कपड़े बदलकर एक लड़की के रूप में लोगों के सामने प्रकट हुई। जल्दी ही इसकी घोषणा कर दी गई कि हीरा और लाल की सगाई हो गई है।

हीरा और लाल राजा के मेहमान और राजकुमारी के मित्र के रूप में रहे; लेकिन जैसे-जैसे उनके विवाह का दिन निकट आने लगा, राजकुमारी को उनसे ईर्ष्या होने लगी, क्योंकि उसे डर सताने लगा कि

जब उनका विवाह हो जाएगा तो लाल हीरा को दूर ले जाएगा।

एक दिन उसने हीरा से पूछा, 'प्यारी बहन, मुझे यह तो बताओ कि हमारे प्रिय मित्र लाल की जाति क्या है ? हालाँकि हम जानते हैं कि वह एक राजा का गोद लिया हुआ पुत्र है, उसके जन्म के बारे में एक रहस्य है।'

'हमें इससे क्या फर्क पड़ता है ?' हीरा ने पूछा, 'क्या हम उसके प्यार में और उसकी आनंददायक उपस्थिति में खुश नहीं हैं ? उसकी जाति जानने की जरूरत ही क्या है ?'

लेकिन राजकुमारी लाल की जाति का पता लगाने पर जोर देती रही और हीरा से यह वचन ले ही लिया कि वह उससे उसकी जाति के बारे में सवाल करेगी।

एक दिन जब हीरा और लाल एक नदी के किनारे एक साथ बैठे थे, उसने लाल से यह सवाल पूछ ही लिया।

लाल बहुत उदास हुआ और बोला, 'प्रिय हीरा, मुझसे तुम इस सवाल के जवाब की उम्मीद मत करो। अगर मैंने बता दिया तो तुम पछताओगी।'

लेकिन हीरा की उत्सुकता बढ़ गई थी। उसने सच जानने की जिद पकड़ ली और उससे सवाल करती रही। लाल नदी में थोड़ी दूर तक गया और कहा, 'क्या तुमने मेरी जाति जानने का पक्का फैसला कर लिया है ?'

'हाँ।' हीरा ने कहा।

वह धारा के बीच में अधिक गहराई तक चला गया, जहाँ पानी उसकी गरदन तक आ गया था और उसने फिर पूछा, 'क्या तुम अभी भी मेरी जाति जानना चाहती हो ?'

और हीरा ने मजाक में जवाब दिया, 'हाँ, जानना चाहती हूँ।'

तब लाल पानी में और गहराई में चला गया, जब तक कि उसका पूरा शरीर पानी में नहीं समा गया। पानी की सतह पर उसके बालों का

केवल एक गुच्छा नजर आ रहा था। पानी के नीचे से पूछती हुई उसकी आवाज आई, 'हीरा, क्या तुम अभी भी मेरी जाति जानने पर तुली हुई हो? अभी तुम्हारे पास अपना इरादा बदलने का समय है।' उसकी आवाज बहुत गहरी और दृढ़ प्रतीत हो रही थी, जैसे वह पहले ही किसी दूसरी दुनिया से बोल रहा हो।

लेकिन हीरा ने अपना संकल्प नहीं छोड़ा और जवाब दिया, 'हाँ-हाँ, मैं जानना चाहती हूँ।'

जैसे ही उसने ये शब्द बोले, वह बालों का गुच्छा भी गायब हो गया और जिस जगह लाल खड़ा हुआ था, वहाँ सफेद कमल का एक सुंदर फूल प्रकट हुआ, जिसके अंदर एक चमकदार माणिक रखा हुआ था। फूल और माणिक केवल कुछ क्षणों के लिए ही दिखाई दिए और फिर गायब हो गए।

हीरा ने लाल के फिर से प्रकट होने का दिन और रात इंतजार किया, लेकिन उसका इंतजार व्यर्थ गया। लाल कभी वापस नहीं आया।

□

राजकुमार शमशेर जंग

नन्हे विजय ने अपनी बाँह तानी और एक अखरोट के आकार की मांसपेशी पैदा की। बच्चे बहुत खुश हुए और उसे शाबाशी दी।

'नहीं, बच्चे पर हँसो मत।' जावेद खान ने अपनी दूर देखती ही आँखों में चमक के साथ कहा, 'अब से चौदह साल बाद नन्हा विजय एक लंबा और तगड़ा आदमी होगा, राजकुमार शमशेर जंग की तरह मजबूत। और भले ही वह ज्यादा लंबा न बढ़े, ऐसा अकसर होता है कि छोटे लोग भी कई बड़े लोगों से ज्यादा तगड़े होते हैं। जैसा कि तुम बौने गुटिया देव, जो राजकुमार शमशेर जंग का एक मित्र था, के किस्से से जानोगे।'

'हमें उनके बारे में बताओ, जावेद खान।' कमल ने कहा, 'वे क्या करते थे?'

'हमें बताओ, बताओ ना।' नन्हे विजय ने कहा।

एक राजा, जिसके कोई बेटा नहीं था (जावेद खान ने कहा), उसने अपने राज्य के सभी साधु-संतों को एक साथ बुलाया और उनसे यह प्रार्थना करने के लिए कहा कि उसको एक बेटा मिल जाए। उनकी प्रार्थनाओं का असर हुआ और राजा के यहाँ एक सुंदर लड़के का जन्म हुआ। राजा, जो अत्यधिक प्रसन्न हुआ था, ने पूरे राज्य की पवित्र दरगाहों और मंदिरों में बड़े-बड़े चढ़ावे चढ़ाए। उसके ज्योतिषियों ने राजकुमार के लिए अच्छे भाग्य की भविष्यवाणी की और घोषणा की

कि वह पुरुषों में सर्वाधिक बलशाली होगा। केवल एक ही सावधानी रखनी थी—राजकुमार को चौदह वर्ष का होने तक सूर्य का मुख नहीं देखने दिया जाए।

और इसलिए राजकुमार का लालन–पालन एक बड़े किले में हुआ, जिसकी दीवारें सात फीट मोटी और लोहे की बनी हुई थीं। जब चौदह साल गुजर गए तो राजकुमार (जिसका नाम शमशेर जंग था) ने दीवार पर एक मुक्का मारा और उसे तोड़कर गिरा दिया। युवा राजकुमार चलकर महल से बाहर आया और पूर्व दिशा की तरफ चल दिया।

उसे रास्ते में एक आदमी कठोर व बंजर जमीन को फावड़े से खोदते हुए मिला।

'मेरे मित्र, तुम क्या कर रहे हो?' शमशेर जंग ने पूछा, 'तुम्हें तो इतना मजबूत होना चाहिए कि इस तरह की चट्टानी जमीन में चाहे जितनी दूर तक खुदाई कर सको।'

'बेशक मैं मजबूत हूँ।' युवा मजदूर ने कहा, 'लेकिन हमारा शमशेर जंग नाम का राजकुमार है, जिसने अपनी मुट्ठी से लोहे की सात फीट मोटी दीवार को तोड़ दिया है।'

इस पर राजकुमार शमशेर जंग ने मजदूर को अपना परिचय दिया। वह तुरंत राजकुमार के पैरों पर झुक गया और बोला, 'मैं खुद को आपके दास और शिष्य के रूप में प्रस्तुत करता हूँ और आप जहाँ भी जाएँगे, मैं आपके साथ रहूँगा।'

राजकुमार ने सेवा का यह प्रस्ताव स्वीकार कर लिया और मजबूत युवा मजदूर, जिसका नाम कमबदन था, उसके साथ हो लिया। उन्होंने कुछ दूर तक का सफर किया था कि उन्होंने खुद को एक खुले देश में पाया और देखा कि धनुष लिये हुए एक आदमी एक पहाड़ी पर खड़ा था और चिल्ला रहा था, 'ध्यान रखो, ध्यान रखो! एक तरफ खड़े हो जाओ, नहीं तो तुम्हें मेरा तीर बेध डालेगा!'

राजकुमार को कोई तीर नजर नहीं आ सका। उसने उस धनुषधारी से पूछा कि उसकी इस बकवास का क्या मतलब है?

'मैंने चौदह साल पहले एक तारे के शीर्ष पर तीर चलाया था और वह अब लौट रहा है। मैं आपको इसलिए सचेत कर रहा हूँ, ताकि उसके गिरने से आप लोग घायल न हो जाएँ।'

राजकुमार और कमबदन दोनों ने गरदन तानकर तीर और तारे को देखने की कोशिश की, लेकिन उनमें से कोई भी दिखाई नहीं दिया। वे उम्मीद के साथ इंतजार करते रहे और लगभग एक घंटे बाद उन्होंने देखा कि एक जलती हुई उल्का आकर गिरी, जिससे जमीन में कई गज गहरा गड्ढा बन गया था। सच में, वह एक तीर था, जिसे उस धनुषधारी ने चौदह साल पहले आसमान में चलाया था।

राजकुमार अचंभित था। 'मित्र,' उसने कहा, 'तुम शायद सबसे शक्तिशाली इनसान हो, जिसने इतनी दूर तक तीर चलाया। तुम्हारी गिद्ध दृष्टि है, जिससे तुम इतनी दूर से उसे देख सके।'

'हाँ, मेरी गिद्ध दृष्टि है।' धनुषधारी ने कहा, 'लेकिन हमारा एक राजकुमार है— शमशेर जंग, जो मुझसे भी ज्यादा ताकतवर है। उसने अपने एक मुक्के से सात फीट मोटी दीवार तोड़ डाली है।'

'मैं ही शमशेर जंग हूँ, जिसके बारे में तुम बात कर रहे हो।' राजकुमार ने कहा।

यह जानकर धनुषधारी, जिसका नाम कमनजर था, राजकुमार और कमबदन के साथ उनकी यात्रा में शामिल हो गया।

वे तीनों आगे बढ़े। कुछ दिनों बाद वे एक मनोहारी बगीचे में पहुँचे, जहाँ पेड़ हर प्रकार के फलों से लदे हुए थे। बगीचे के बीचोबीच एक नंगी छातीवाला आदमी बैठा था, जो तंदुरुस्ती और जोश से चमक रहा था। जैसे ही उसने राजकुमार और उसके साथियों को आते हुए देखा, वह चिल्लाया, 'दूर, भले लोगो, दूर! क्या आप मुझसे मेरे फल लेने आए

हैं? क्या आप मुझे भूखा मारने आए हैं? मैं आपको एक खरबूजा या एक सेब भी नहीं दूँगा, आप चाहे जितनी विनती करना!'

'हम भूखे नहीं हैं,' राजकुमार ने कहा, 'और हम आपके फलों को हाथ भी नहीं लगाएँगे। लेकिन श्रीमान, हमें यह तो बताइए कि आप इतने सारे फलों का क्या करेंगे? पास में कोई नगर भी नहीं है, जहाँ आप इनको बेच सकें और इस खाली बगीचे में दूसरा कोई भी नहीं है, जिसके साथ आप इनको बाँट सकें।'

'मैं आपकी चिंता की सराहना करता हूँ।' आदमी ने जवाब दिया, 'और मुझे आपको सफाई देनी है। मेरा नाम कमभुक्खा है और इन पेड़ों को मैंने ठीक चौदह साल पहले लगाया था। अपने पेड़ों पर फल आने के इंतजार में इन चौदह सालों में मैं उपवास करता रहा हूँ। और अब वह समय आ गया है, जब सबकुछ पक चुका है। मैं केवल फल ही नहीं खाऊँगा, बल्कि उन पेड़ों को भी उनके पत्तों और डालियों सहित खा जाऊँगा।'

राजकुमार और उसके साथी आराम करने के लिए तथा उस आदमी को अपना उपवास तोड़ते हुए देखने के लिए नीचे घास पर बैठ गए। जैसे ही दोपहर हुई, भूखा आदमी किसी लालची दैत्य की तरह से पेड़ों पर टूट पड़ा। एक घंटे बाद वहाँ एक तिनका भी नहीं बचा था।

'आप सबसे ताकतवर आदमी हो, जिसने इतना अधिक खा लिया!' राजकुमार ने इस प्रदर्शन से अचंभित होकर कहा।

'अरे नहीं, राजकुमार शमशेर जंग ज्यादा ताकतवर है।' कमभुक्खा ने जवाब दिया, 'उसने अपनी मुट्‍ठी से सात फीट मोटी दीवार तोड़ दी है।'

जब कमभुक्खा को पता चला कि वह जिसके साथ है, वह कोई और नहीं, राजकुमार शमशेर जंग ही है, तो उसने स्वयं को राजकुमार से अपने अनुयायियों में शामिल करने का अनुरोध किया। उसके बाद चारों साथियों ने आगे यात्रा जारी रखी, जब तक वे एक बड़े तालाब पर नहीं

पहुँच गए, जहाँ किनारे पर बैठा एक आदमी पानी को उत्सुकता से ताक रहा था। राजकुमार और उसके तीन साथी उसके पास आए और पूछा, 'तुम यहाँ क्यों बैठे हो और किसका इंतजार कर रहे हो?'

उस आदमी ने जवाब दिया, 'मैंने चौदह साल पहले यह तालाब खोदा था और तब से मैं इसके बारिश से भर जाने का इंतजार कर रहा हूँ। बस, अभी-अभी पानी ऊपर किनारे तक आया है और मैं इस सारे पानी को पीने जा रहा हूँ।'

और वह आदमी, जिसका नाम कमप्यास था, पानी पीने के लिए आगे बढ़ा और मछलियों, मेढकों सहित तालाब का सारा पानी पी गया।

'निश्चय ही तुम सबसे ताकतवर इनसान हो, जो इतना सारा पानी पी गए।' राजकुमार ने कहा।

'नहीं, श्रीमान,' कमप्यास ने कहा, 'हमारा राजकुमार शमशेर जंग ज्यादा ताकतवर है। उसने अपने मुक्के के एक प्रहार से लोहे की सात फीट मोटी दीवार तोड़ दी है।'

और इस तरह से राजकुमार के लिए अपनी प्रशंसा से वह भी उनकी मंडली में शामिल हो गया और पाँचों साहसिक यात्री अज्ञात स्थान की ओर चल दिए।

जावेद खान अपने हुक्के का एक कश लेने के लिए रुका और बच्चों से पूछा कि उन्हें नींद तो नहीं आ रही थी। लेकिन नन्हे विजय ने कहा, 'सुनाते रहिए।' और अपनी गद्दी पर वापस बैठने के बाद जावेद खान ने कहना जारी रखा—

वे बहुत सी दुकानों और सुंदर भवनों एवं महलोंवाले एक बड़े नगर में आए। सभी दुकानों के द्वार खुले हुए थे और वहाँ इतनी स्वादिष्ट मिठाइयाँ बिक रही थीं कि यात्रियों को कुछ देर रुकने और थोड़ी खरीदारी करने का फैसला करना पड़ता था। लेकिन बड़ी अजीब बात थी कि किसी भी दुकान पर कोई मौजूद नहीं था, जबकि सभी दुकानें बिक्री के

लिए सामानों से भरी हुई थीं।

राजकुमार और उसके साथियों ने एक के बाद एक कई दुकानें तलाश कीं, लेकिन किसी में भी किसी इनसान को नहीं पाया। इसलिए उन्हें जो पसंद आया, वह अपने आप लिया और खा-पीकर तृप्त हुए। रात को उन्होंने सबसे सुंदर महल में प्रवेश किया, जो बिल्कुल खाली था और वे वहाँ आराम करने के लिए लेट गए।

मध्य रात्रि में एक लोहे की चौदह गज की छड़ हाथ में लिये चौदह इंच ऊँचाई के एक दैत्य ने मकानों को अपनी भारी छड़ी से हिलाते हुए उस उजाड़ नगर में प्रवेश किया। वह दहाड़ रहा था, 'मैं इस नगर के सभी वासियों को खा चुका हूँ; लेकिन एक बार फिर से मुझे इनसानी मांस की गंध आ रही है। बाहर आ जाओ, बदमाशो, जिससे मैं तुम्हें खा सकूँ।'

यह धमकी सुनकर राजकुमार हाथ में तलवार लेकर महल से बाहर आया और उस भयानक बौने का सामना करते हुए कहा, 'अपनी क्या बड़ाई करते हैं, श्रीमान! जान लीजिए कि मैं शमशेर जंग हूँ, जिसने अपने एक मुक्के से ही लोहे की सात फीट मोटी दीवार को तोड़ डाला था!'

यह सुनकर बौना, जिसका नाम गुटिया देव था (जिसका अर्थ 'नन्हा दैत्य' होता है), तत्काल जमीन पर गिर पड़ा और राजकुमार के चरणों की धूल को चूमते हुए बहुत ही विनय के साथ बोला, 'मैं आपका सेवक एवं दास हूँ और शक्ति में आपसे बहुत हीन हूँ। मुझे अपनी यात्रा में अपने साथ रहने की अनुमति दें। मैं वचन देता हूँ कि मैं कंद-मूल व वनस्पति खाऊँगा और फिर कभी मानव-मांस को हाथ नहीं लगाऊँगा।'

राजकुमार ने स्वाभाविक रूप से गुटिया देव की सेवाओं को स्वीकार कर लिया और उन छह मित्रों ने उस निर्जन नगर को छोड़ दिया तथा आगे बढ़ गए। कई सप्ताह के बाद वे एक अन्य बड़े नगर में पहुँचे, जो लोगों से भरा हुआ था। वे नगर की दीवार के बाहर एक धर्मशाला में ठहरने के लिए गए।

यात्री एक बहुत ही खुशी के अवसर पर धर्मशाला में पहुँचे थे, क्योंकि भवन स्वामी के इकलौते पुत्र का एक धनी और सुंदर दुलहन से विवाह होने जा रहा था। राजकुमार और उसके साथियों को उस समारोह में शामिल होने के लिए आमंत्रित किया गया, जो तब तक बहुत खुशनुमा था, जब तक राजा के एक अधिकारी ने वहाँ प्रवेश नहीं किया था और धर्मशाला के मालिक के कान में धीरे से कुछ नहीं फुसफुसाया था। धर्मशाला का मालिक जोर की एक चीख के साथ चक्कर खाकर जमीन पर गिर पड़ा और तत्काल वहाँ अतिथियों में रुदन व विलाप होने लगा।

राजकुमार और उसके साथी इस अचानक हुए परिवर्तन के बारे में अचंभित हुए बिना नहीं रह सके और अतिथियों में से एक से पूछा कि यह सब क्या था?

'लगभग चौदह साल पहले,' अतिथि ने जवाब दिया, 'हमारे नगर पर जैसे कहर टूट पड़ा था। एक भयानक दैत्य यहाँ आया था और उसने जो कुछ उसके हाथ पड़ा, उसे निगलना और हड़पना शुरू कर दिया था। नागरिकों ने नगर छोड़कर जाना शुरू कर दिया और राजा को उस दैत्य की शर्तों को स्वीकार करना पड़ा था। यह सहमति हुई कि राजा उसे दैनिक खुराक के रूप में चालीस टन ब्रेड, दस टन मक्खन और एक मानव की आपूर्ति करेगा। इसलिए रोज लॉटरी निकाली जाती थी और हम में से एक को वह दैत्य खा जाता था। आज लॉटरी में हमारे मित्र दूल्हे का नाम निकला है और राजा का अधिकारी उसे ले जाने के लिए आया है।'

राजकुमार शमशेर ने इस बारे में कुछ करने का निर्णय किया और बोला, 'सज्जनो, दुःखी मत होइए, बल्कि जश्न मनाना जारी रखिए। दूल्हे की जगह मैं स्वयं दैत्य से मिलने जाऊँगा और आपके नगर को उससे हमेशा के लिए छुटकारा दिला दूँगा।'

साथियों को छोड़कर राजकुमार नगर के बाहर गया, जहाँ उसे मिठाइयों, केक, ब्रेड और मक्खन से लदी चार गाड़ियाँ दैत्य की भेंट के

लिए तैयार मिलीं। उसने खुद को गाड़ी के नीचे छुपा लिया। मध्य रात्रि में उसने जोर की एक दहाड़ सुनी और एक दैत्य, जिसका सिर आसमान को छू रहा था, सामने आया। शमशेर जंग ने अपनी तलवार निकाली और खुले में सामने आ गया। उसे देखकर दैत्य उसे निगलने के लिए नीचे झुका; लेकिन शमशेर जंग ने अपनी तलवार के एक ही वार में उसका सिर काट डाला। उसके बाद वह धर्मशाला में लौटा, अपना भोजन पूरा किया और रात में सोने चला गया।

जब राजा के पास यह समाचार पहुँचा कि दैत्य को मार दिया गया है तो उसने शमशेर जंग को अपने आधे राज्य के साथ अपनी पुत्री का हाथ सौंपने का प्रस्ताव किया। लेकिन शमशेर जंग ने इस प्रस्ताव को अस्वीकार कर दिया और सुझाव दिया कि इसकी बजाय राजा अपनी पुत्री का विवाह कमबदन से कर दे और अपना आधा राज्य उसके पाँच साथियों में बाँट दे। राजा ने स्वीकार कर लिया और कमबदन के विवाह में शामिल होने और अन्य मित्रों को गद्दी पर बैठे देखने के बाद राजकुमार ने केवल विश्वासपात्र गुटिया देव के साथ अपनी यात्रा जारी रखी।

अनेक कठिनाइयों का मिलकर सामना करते हुए कई महीनों की यात्रा के बाद वे तीसरे नगर में पहुँचे, जो अन्य नगरों जितना ही बड़ा और सुंदर था। नगर में घूमते हुए वे एक ऐसे मकान के पास पहुँचे, जिसकी दीवारें सोने की थीं और दरवाजों में हीरे तथा माणिक जड़े हुए थे। उन्हें पता लगा कि यह मकान एक बहुत ही धनी व्यापारी की उत्तराधिकारी पुत्री का था, जिसने कसम खाई थी कि वह किसी ऐसे व्यक्ति से ही विवाह करेगी, जो उसकी शर्तों को पूरा कर सके। ऐसे अनेक नौजवान, जो इन शर्तों को पूरा करने में विफल हुए थे, सबके सब अपनी जान गँवा चुके थे। शमशेर जंग ने अपने आप को व्यापारी की पुत्री के हाथ के लिए एक उम्मीदवार के रूप में प्रस्तुत करने का निर्णय किया। उसे घर के अंदर ले जाया गया।

जब व्यापारी की पुत्री ने राजकुमार को देखा और उसे अति सुंदर, बहादुर और सुसंस्कृत पाया तो उसने आशा प्रकट की कि वह उसकी परीक्षा में सफल होगा। राजकुमार को भी ऐसी ही उम्मीद थी, क्योंकि उसे भी लड़की सुंदर और आकर्षण से भरपूर लगी थी। उसने लड़की से पूछा कि उसकी शर्तें क्या हैं, जिनको उसे पूरा करना है।

व्यापारी की सुंदर पुत्री ने कहा, 'मैं पिछले चौदह साल से भोजन पका रही हूँ और वह सारा मेरे एक मकान में भंडारित है। इस सारे भोजन को एक ही व्यक्ति द्वारा एक बार में खाया जाना चाहिए। यह पहली शर्त है।

'क्या आपको मेरे मकान के पीछे वह टंकी नजर आ रही है? यह चौदह वर्षों की गरमियों में हुई बरसात से भर चुकी है। इसे केवल एक व्यक्ति द्वारा ही पिया जाना है।

'आपके बाईं तरफ आपको दूसरी टंकी दिख रही है। यह गरम पानी से भरी है, जिसे इन चौदह सालों तक उसके नीचे आग जलाकर गरम रखा गया है। किसी को इसमें एक घंटे तक स्नान करना होगा। क्या आप कोशिश करेंगे? एक आखिरी शर्त! मेरी एक चचेरी बहन यहाँ से पाँच हजार मील दूर रहती है। उसे एक दिन में ही मेरे पास लाना होगा। क्या आप मेरे लिए इन चार शर्तों को पूरा कर सकते हैं?'

राजकुमार ने कहा कि अगर उसे पंद्रह दिन का समय दिया जाए तो वह इन शर्तों को पूरा कर सकता था। उससे विदा लेकर उसने गुटिया देव को बुलाया और उससे अपने उन चारों मित्रों को लेकर आने के लिए कहा, जिन्हें वे पीछे छोड़ आए थे। बौना वहाँ से रवाना हो गया और राजकुमार के चारों मित्रों के पास जा पहुँचा।

पंद्रह दिन पूरे होने से पहले ही गुटिया देव राजकुमार के पुराने अनुयायियों को लेकर लौट आया। चारों राजकुमार द्वारा किए गए उपकार का ऋण चुकाने के लिए फौरन तैयार हो गए थे। शमशेर जंग ने उन्हें

चारों शर्तें बताईं, जिन्हें पूरा किया जाना था। वे चारों उसके साथ व्यापारी की पुत्री के घर गए। वहाँ युवती ने उन्हें चौदह सालों में एकत्रित भोजन से भरा मकान दिखाया और कहा, 'अब एक अकेले व्यक्ति को इसे खाना है।'

राजकुमार कमभुक्खा की ओर मुड़ा और कहा, 'मेरे मित्र, अब तुम्हारे वरदान का प्रदर्शन करने का समय आ गया है। भोजन के इस पहाड़ पर टूट पड़ो।'

'अवश्य, मालिक!' कमभुक्खा ने जवाब दिया।

'क्या मैं इसे खाऊँ या भकोसूँ?'

राजकुमार इन शब्दों का मतलब नहीं समझ पाया। उसने कमभुक्खा से पूछा कि उसका मतलब क्या है?

कमभुक्खा ने जवाब दिया, 'खाने से मेरा मतलब है—यहाँ भंडारित सारे भोजन को खाना। भकोसने से मेरा मतलब था—सारे भोजन के साथ-साथ घर में मौजूद थालियों, प्यालों, टेबलों, गिलासों और टोकरियों को भी खा जाना।'

'तब तो भकोस ही लो।' राजकुमार ने कहा।

यह समाचार पूरे शहर में फैल गया था कि खाने, पीने, नहाने और चलने के अद्‍भुत कारनामों को व्यापारी की लड़की के मकान पर देखा जा सकता था और जल्दी ही सैकड़ों लोग मकान के अहाते में इकट्ठा हो गए थे। जब कमभुक्खा खाने बैठा तो लोग नारे लगाकर उसका उत्साह बढ़ा रहे थे और उनके नारे उस समय आश्चर्य की चीखों में बदल गए, जब उन्होंने देखा कि भोजन के उस ढेर को खाने के साथ ही कम भुक्खा थालियों, गिलासों और टेबलों को भी खाता जा रहा था। लड़की को डर लगने लगा था कि वह कहीं उसका सारा फर्नीचर न खा जाए, इसलिए उसने हस्तक्षेप किया और कहा कि वह संतुष्ट थी।

तब राजकुमार अपने मित्र कमप्यास की तरफ मुड़ा।

'मित्र, इस टंकी को खाली कर दो।' उसने कहा।

'प्रिय राजकुमार,' कमप्यास ने पूछा, 'आप क्या चाहते हैं, मुझे इसे पीना है या निगलना है?'

'तुम्हारा क्या मतलब है?' शमशेर जंग ने पूछा।

'पीने से मेरा मतलब है—बस, सारे पानी को पी जाना और निगलने से मेरा मतलब है—पानी पीने के साथ-साथ इसके नीचे की चार गज जमीन को भी निगल जाना।'

'फिर तो निगल ही जाओ।' राजकुमार ने कहा।

कमप्यास टंकी पर टूट पड़ा और सारे पानी के साथ-साथ दो फव्वारे और बहुत सारे कीचड़ को भी पी गया। दर्शकों ने इस अद्‌भुत कारनामे पर जोरदार प्रशंसा की।

अब कमबदन की तरफ मुड़ते हुए राजकुमार ने कहा, 'मित्र, उबलते हुए पानी में स्नान करो।'

कमबदन ने कहा, 'मैं डुबकी लगाऊँ या डुबका?'

'कौन सा क्या है?' राजकुमार ने पूछा।

'डुबकी से मेरा मतलब है—उबलते हुए पानी में केवल एक घंटे के लगभग स्नान करना। डुबका का अर्थ है—गरम पानी में तो स्नान करना ही है, साथ में उस आग में भी स्नान करना, जो उसे गरम करती है।'

'तुम एक डुबका लगाओगे।' राजकुमार ने कहा।

कमबदन उबलते हुए पानी में कूद पड़ा और पानी के अंदर करतब दिखाकर भीड़ का मनोरंजन करते हुए एक घंटे तक गरम पानी में तैरता रहा। उसके बाद टंकी के फर्श को फाड़कर उसने नीचे भट्ठी में प्रवेश किया, आग से खेलता रहा और दर्शकों की तालियों की गड़गड़ाहट के बीच वह बाहर निकलकर आया।

उसके बाद राजकुमार ने कमनजर से कहा, 'मित्र, धरती के चारों कोनों में देखो और मुझे बताओ कि तुम्हें कहीं व्यापारी की बेटी की

चचेरी बहन नजर आ रही है क्या?'

कमनजर ने अपने हाथों से अपनी आँखें मलीं और पृथ्वी के चारों कोनों का ध्यानपूर्वक सर्वेक्षण किया।

'मैं उसे देख रहा हूँ।' उसने कुछ मिनट के बाद कहा, 'इस समय वह इस शहर से उत्तर दिशा में ठीक पाँच हजार मील दूर एक सुंदर उद्यान में बैठी है।'

राजकुमार ने बौने गुटिया देव से उस महिला को लाने के लिए कहा। गुटिया देव बिजली की-सी गति से उस उद्यान में पहुँचा और उस महिला के सामने उपस्थित हुआ। महिला ने उससे आराम करने और कुछ नाश्ता करने के लिए कहा। उसने पेशकश स्वीकार कर ली और स्वादिष्ट भोजन का आनंद लिया। लेकिन भोजन में औषधि मिली हुई थी। जैसे ही गुटिया देव ने खाना खत्म किया, उसे गहरी नींद आ गई। इस बीच देरी पर राजकुमार व्यग्र होता जा रहा था। जब कई घंटे गुजर जाने पर भी गुटिया देव व्यापारी की बेटी की चचेरी बहन को लेकर नहीं आया तो उसे चिंता होने लगी।

सूर्यास्त से एक घंटे पहले व्यापारी की बेटी ने राजकुमार से कहा, 'राजकुमार, तुम हार गए हो। अब अपने अंत के लिए तैयार हो जाओ।'

'अभी भी सूर्यास्त होने में एक घंटा बाकी है।' राजकुमार ने कहा, 'और मेरा सेवक अभी भी वापस आ सकता है।' और उसने कमनजर से देखकर पता करने को कहा कि गुटिया देव के साथ क्या बात हुई है।

कमनजर ने उत्तर दिशा की तरफ देखते हुए कहा, 'अरे, वह शैतान तो एक पेड़ के नीचे सोया पड़ा है! रुकिए, मैं उसे अभी जगाता हूँ।' और अपना धनुष उठाकर उसने गुटिया देव को लक्ष्य बनाकर एक तीर चलाया।

तेज गति से पाँच हजार मील की दूरी तय करके तीर जोर की आवाज के साथ सोए हुए बौने के कान के पास जाकर गिरा। तेज आवाज

से गुटिया देव जाग गया और आँखें मलता हुआ उठ खड़ा हुआ। यह देखकर कि लगभग रात होने को आ गई थी, वह तुरंत महिला के पास पहुँचा और उसे कमर से पकड़कर अपने कंधे पर डाला और व्यापारी की बेटी के पास लौट आया—ठीक उस समय, जब व्यापारी की बेटी राजकुमार शमशेर जंग को फाँसी देने का हुक्म दे ही रही थी। और इस प्रकार राजकुमार को फाँसी दिए जाने की जगह उसने उससे विवाह कर लिया। राजकुमार के मित्र और दर्शकों की भीड़ इससे बहुत खुश हुई।

'राजकुमार ने उसे मारने की इच्छा रखने के लिए उसे माफ कैसे कर दिया?' शशि ने पूछा।

'वह अपने वचन का पक्का था।' जावेद खान ने कहा, 'और वह दूसरों से भी वचन तोड़ने की अपेक्षा नहीं करता था। शर्त हारने की स्थिति में वह परिणाम भुगतने के लिए तैयार था। लेकिन वह इसे जीत गया। वह एक सुंदर युवती थी और सुंदर युवतियों को माफ करना आसान होता है।'

'खैर', अनिल ने कहा, 'यह केवल एक कहानी थी।'

'सही है, हुजूर!' जावेद खान ने अपनी लंबी दाढ़ी पर हाथ फेरते हुए कहा, 'यह केवल एक कहानी थी।'

'फिर हमें दूसरी सुनाइए।' कमल ने कहा।

'हाँ, हमें सुनाइए।' नन्हे विजय ने कहा।

□

पर्वत झील

आसमान साफ हो चुका था और बर्फ से अवरुद्ध हुई सड़कें अब यातायात के लिए खुल गई थीं। बच्चों ने जावेद खान की दुकान में प्रवेश किया तो पाया कि वह किसी यात्रा पर जाने की तैयारी कर रहा था।

'आप कहाँ जा रहे हैं, जावेद खान?' कमल ने पूछा।

'बस, मेरे अपने पहाड़ों पर, हुजूर!' वृद्ध कश्मीरी ने जवाब दिया, 'मुझे अपनी दुकान में फिर से सामान भरना होगा और पर्यटक फिर से हमारे पास आएँगे।'

'तब, आप जल्दी ही वापस आएँगे?' आग पर अपने हाथ सेंकते हुए शशि ने पूछा।

'फरवरी के अंत से पहले।' जावेद खान ने कहा।

'जब पर्यटक आएँगे तो आपके पास कहानियाँ सुनाने के लिए कोई समय नहीं होगा।' कमल ने कहा।

'सही कहा, हुजूर। गरमी का एक व्यस्त मौसम होता है। चारों तरफ इकट्ठे हो जाओ और जाने से पहले मैं तुम्हें एक और कहानी सुनाऊँगा—उन पहाड़ों की कहानी, जहाँ मैं अब जा रहा हूँ।'

बच्चे आग के चारों तरफ इकट्ठा हो गए। अनिल और मधु गरमी के लिए साथ में सटे हुए थे। नन्हा विजय कमल की गोद में बैठा था

और शशि कमल के दस्ताने पहने हुए थी।

'कश्मीर में मेरी घाटी में,' जावेद खान ने कहा, 'एक झील है, जिसके साथ एक राजकुमार और एक रानी परी की कहानी जुड़ी हुई है।'

□

आसमान में एक भी तारा नहीं था, चाँद भी नहीं था, जब थका हुआ और पैरों में छालों के साथ राजकुमार सफीर घिसटता हुआ ऊँचे पहाड़ों की तरफ बढ़ रहा था, जो कभी पास आते हुए नहीं लग रहे थे। पहाड़ों में उसकी यात्रा का अंत स्थित था, सपनों का देश, जहाँ वह जानता था कि एक दिन पहुँचेगा जरूर।

बारह सप्ताह तक एक योगी के वेश में वह रेतीले मैदानों में चलता रहा था। राहगीरों ने उसे उत्सुकता से देखा था, क्योंकि उसके चौड़े कंधों, रोबीली आँखों और लंबी सुडौल टाँगों के साथ भगवा पोशाक और भिक्षा पात्र अजीब लग रहे थे। वह दिल्ली के राज्य का उत्तराधिकारी था और उसके लिए अपनी राजकीय छाप को छुपाना मुश्किल था।

जब वह चाँदनी रात में अपने पिता के महल में यमुना नदी की ओर खुलनेवाली संगमरमर के झरोखे में सोया हुआ था, तब उसे सपना आया था। सपने में उसने ऊँचे पर्वत पर नाशपाती के आकार की एक झील देखी थी, जिसमें एक द्वीप तैर रहा था, जबकि झील के किनारों पर नन्ही आकृतियाँ फेन में स्नान कर रही थीं। उसने एक लड़की देखी थी, ऊँचाई में एक बच्चे के समान, बीच में द्वीप की ओर देखती हुई। उसके रूप में इतना वैभव था और उसके कोमल शरीर में इतनी सुंदरता थी कि उसका दिल जैसे सीने से बाहर निकला जा रहा था और जब वह जागा तो उसे सपना याद रहा और सारे दिन वह पानी के किनारे खड़ी लड़की के दृश्य से बेचैन रहा।

उसने राजज्योतिषी से सलाह ली, जिसने सितारों की गणना करने के बाद जो परिणाम सुनाया, वह था, 'उत्तर दिशा की तरफ जाओ, अकेले

जाओ और पैदल जाओ। अपने सपनों की झील पाओ और इसके पास बैठकर पूर्णिमा के बीस चंद्रमाओं तक तपस्या करो। जब आप ऐसा कर लेंगे तो आपको वह मिल जाएगा, जो आपको चाहिए।'

और अब सामने पहाड़ियाँ उसके मार्ग में बाधा बनकर खड़ी थीं।

'आह, अगर केवल एक सितारा भी मुझे राह दिखा देता!' राजकुमार सफीर ने लंबी साँस ली।

और अचानक आगे एक सितारा चमका। वह आसमान में नीचे लटका हुआ पर्सियस था और उसकी लाल, नीली व हरी किरणें राजकुमार को आगे का रास्ता दिखा रही थीं। लड़खड़ाते हुए उसने उसकी शीतल चमक का अनुसरण किया, जब तक वह पूरी तरह से थककर चूर नहीं हो गया। वह गिर पड़ा और लुढ़कता हुआ एक गुफा में चला गया। पिछले गाँव से उपहार में मिले भेड़ की खाल के कोट की वजह से उसका समय गुजर गया, नहीं तो वह जम गया होता।

'पहाड़ियों की ठंड इतनी ज्यादा है कि एक जवान भैंसे को भी शक्तिहीन कर दे।' पहलवान ने कहा, जिसने वह कोट उसे दिया था। अब उसकी मोटी परतों में नींद के आगोश में जाते समय सफीर का दिल उसके प्रति कृतज्ञता से भर गया था।

चेहरे पर पड़ रही धूप ने उसे जगाया। वह देर से सोया था। वह तेजी से गुफा के मुख की तरफ दौड़ा, जहाँ उसने अपने नीचे निर्मल व ठंडे पानी की एक झील देखी। उसकी सतह पर राजहंस तैर रहे थे और मध्य में एक द्वीप था, जिसके चारों तरफ ऊँची चट्टानों का घेरा था। गहरी ढलान पर देवदार, नीले सनोबर और फर के पेड़ोंवाला जंगल था। द्वीप पर सन्नाटा फैला हुआ था।

एक क्षण के लिए सफीर एकदम स्थिर खड़ा रहा, फिर उसने अपने हाथ उठाए और चिल्लाया, 'हे सर्वज्ञाता! आपकी जय हो! मेरा स्वप्न कोई कल्पना नहीं था। मैंने वास्तविकता और सत्य देखा था। मुझे शक्ति

दो कि मैंने अपने लिए ध्यान योग का जो लक्ष्य स्थापित किया है, मैं उसके लिए स्वयं को योग्य सिद्ध कर सकूँ।'

वह गुफा, जहाँ तक उसे निर्देशित कर लाया गया था, ही उसका घर बन गई थी। उसके मुख में से वह सूर्योदय होते देखता और फिर उसके कान विभिन्न प्रकार के पक्षियों के गीतों, लकड़बग्घे के भौंकने, हिरनों की घंटियों और भालुओं के गुर्राने की आवाजों के आदी हो गए; लेकिन उसके विचारों को भंग करने के लिए कभी किसी मनुष्य की आवाज वहाँ नहीं आई थी। समय-समय पर एक अजीब सी दहाड़ घाटी में फैल जाती थी। यह पर्वतों से टकराकर गूँजती थी और राजकुमार का मानना था कि यह आजादी का शोक मना रही मृत आत्माओं की चीख थी।

आसमान में चमकनेवाले हर पूर्णिमा के चाँद को देखकर सफीर गुफा की दीवार पर एक चिह्न बना देता था। जल्दी ही वहाँ उन्नीस लकीरें हो गई थीं। जब वह बीसवीं लकीर खींचेगा तो उसके रात्रि जागरण का अंत हो जाएगा।

और फिर द्वीप की अजीब पहाड़ी के ऊपर रेंगता हुआ चंद्रमा आया और सफीर का काम पूरा हो चुका था। इस रात वह देवदार के पत्तों से बने अपने बिछौने पर सो नहीं सका था और धीरे-धीरे घंटों गुजर गए, जब आखिरकार सवेरा आया और वसंत के एक शानदार दिन को लेकर आया। हवा में एक विचित्र संगीत भर गया था। हरी घास पर अँगड़ाई लेते हुए और गुफा से नीचे देखते हुए राजकुमार सफीर ने सैकड़ों छोटी-छोटी आकृतियाँ इधर-से-उधर दौड़ती हुई देखीं।

राजकुमार गुफा से इतनी सावधानी से रेंगता हुआ, मानो किसी हिरन पर घात लगा रहा हो, गुफा से बाहर निकला। ऊपर से गिरनेवाला एक पत्थर भी उन नन्हे लोगों को आश्चर्यचकित कर सकता था। वह सुनना चाहता था कि वे लोग क्या बातें कर रहे थे। अंत में वह उनके काफी नजदीक आ चुका था।

'रानी ने हमारा द्वीप की ओर तैरना वर्जित किया है।' एक ने कहा, 'कल रात ड्रैगन से एक संदेश आया था।'

'वह शैतान! क्या कहा उसने?'

'मुझे पता नहीं, लेकिन यह कोई बुरी खबर ही रही होगी, क्योंकि रानी दुःखी होकर रोई थी और कहा था—मेरे असहाय देशवासियो, मुझे अब तुम्हें निराश नहीं करना चाहिए।'

'खैर, हम कर ही क्या सकते हैं। आओ, स्नान करते हैं।' गुलाब की पँखुड़ियों में सजी नन्ही परियों ने एक-दूसरे के हाथ पकड़े और पानी के किनारे की तरफ दौड़ पड़ीं।

राजकुमार सफीर को पता लगा था कि रानी का नाम गुलबदन था, जिसका अर्थ होता है—गुलाब का शरीर। वह सोच रहा था कि वह है कौन और किस प्रकार के ड्रैगन ने उसे कोई संदेश भेजा था! उसने नन्ही परियों को अलग-अलग होते और मार्ग को खुला छोड़ते हुए देखा। इस मार्ग पर लाल और सुनहरी जरी से सुसज्जित तथा अनेक घंटियों की झनकार के साथ एक पालकी को चार छोटे-छोटे आदमी उठाकर ला रहे थे। हर एक ने एक बैगनी जर्किन, काकरेजी पाजामा पहन रखा था और घुटनों तक पहुँचने वाली उनकी दाढ़ी हरी थी। मार्ग के दोनों ओर छोटे-छोटे महिला और पुरुष सम्मान में झुके हुए थे। अंत में, जुलूस उसी झाड़ी के पीछे आकर रुका, जिसके पीछे राजकुमार सफीर छुपा हुआ था।

रत्नों से जगमगाती महीन उँगलियोंवाले एक छोटे से हाथ ने पालकी के रेशमी परदे को हटाया और रानी गुलबदन ने कदम बाहर रखा।

दो पल के लिए राजकुमार सफीर के दिल की धड़कन थम गई। यह थी वह, जिसका स्वप्न उसने दूर दिल्ली में देखा था—जैसे एक छोटे व पतले डंठल पर जैसे विंडफ्लॉवर रखा हो, उसके पिता के खेत में खिलते हुए छोटे से सुर्ख लाल गुलाब जैसी सुंदर!

नन्हे ट्रंपेटों की तीखी आवाज एकाएक मौन हो गई। उन छोटे-छोटे

लोगों का समूह उत्सुकता से अपनी रानी को देख रहा था।

'मेरे लोगो, मेरे पास आपके लिए एक बुरी खबर है।' एक कोमल, संगीतमय स्वर में गुलबदन ने कहा, 'ड्रैगन बेलखुश ने विवाह में मेरा हाथ माँग लिया है। अगर मैं इनकार करती हूँ तो वह हमारे देश पर आक्रमण कर सकता है।'

उपस्थित लोगों का विलाप और चीखें फूट पड़ीं। वे जानते थे कि वे ड्रैगन के आक्रमण का सामना नहीं कर सकते थे; लेकिन उनकी प्रिय रानी के उसके अधिकार में होने की कल्पना से वे क्रोध से तड़पने लगे।

'शांत हो जाओ।' गुलबदन ने कहा, 'वह करीब ही है और द्वीप पर मेरी उपस्थिति की प्रतीक्षा कर रहा है।'

जैसे यह दिखाने के लिए कि उसने सुन लिया है, द्वीप से गड़गड़ाहट के साथ एक गर्जना सुनाई दी। सफीर अब उस आवाज को समझ गया, जो अकसर पहाड़ों में गूँजा करती थी। नन्हे जीव डर के मारे अपने चेहरे छिपाते हुए जैसे जमीन में समा गए, केवल गुलबदन को छोड़कर, जो गर्व के साथ द्वीप की तरफ देख रही थी।

'आज मैं अपना वचन देती हूँ।' उसने जोर से कहा, 'अगर बचने का कोई भी रास्ता ढूँढ़ने से पहले सूर्य अस्त हो जाता है, तो मैं एक महीने के अंदर बेलखुश से विवाह कर लूँगी।'

दहाड़ समाप्त हो चुकी थी और लोग जमीन से उठ खड़े हुए।

'यह वसंत का पहला दिन है।' रानी गुलबदन ने कहा, 'अपने मन से दु:ख के सारे विचारों को निकाल फेंको। झील के पानी का आनंद लो, लेकिन द्वीप से दूर रहो।'

बौने लोग लंबे समय तक शांत नहीं हो सके। गीतों और ठहाकों के साथ वे स्नान की तैयारी करने लगे। उन्होंने कपड़े एक तरफ फेंक दिए और पानी के किनारे की ओर दौड़ पड़े। रानी गुलबदन ने थोड़ी देर तक उन्हें देखा, फिर उसने एक लंबी साँस लेकर अपनी पालकी में

प्रवेश किया। वह फिर से स्नान के समय प्रयुक्त होनेवाला निंबुआ रंग का गाउन पहने हुए प्रकट हुई।

'उसका मुकुट उठा लो।'

यह आवाज राजकुमार सफीर के दाएँ कान के पास से आई थी। उसने चारों तरफ देखा, लेकिन वहाँ किसी को नहीं पाया। हाँ, उसके हाथ के पास एक पत्थर पर एक हरे रंग की छिपकली लेटी हुई थी। छिपकली का छोटा मुँह खुला हुआ था और उसकी चमकदार आँखें राजकुमार के चेहरे पर जमी हुई थीं।

ज्यादा न झिझकते हुए राजकुमार सफीर उछलकर अपने छिपने के स्थान से निकला और शाही पालकी की तरफ ढलान पर दौड़ पड़ा। रानी की दासियाँ उसे देखते ही चिल्लाकर भागीं, 'दैत्य आ गया, दैत्य आ गया!' अपनी दासियों की चीखें सुनकर गुलबदन पानी से बाहर आई तो उसका सामना उस दैत्य से हुआ, जो अपने हाथों में उसका मुकुट थामे हुए था।

'हे सुंदरी!' राजकुमार सफीर ने कहा, 'मुझे मेरे असभ्य तरीके के लिए क्षमा करें; लेकिन मैंने इस क्षण के लिए कई महीनों तक प्रतीक्षा की है।' और उसने मुकुट को अपने हाथों में पकड़े हुए आगे की तरफ कदम बढ़ाया। लेकिन नन्हा सा मुकुट उसके उँगलियों से फिसल गया और सीधे पानी में जा गिरा। राजकुमार और गुलबदन की आँखों के सामने ही वह तुरंत डूब गया।

खुद को लज्जित अनुभव करते हुए राजकुमार सफीर रानी की तरफ मुड़ा और देखा—एक पूर्ण विकसित युवती उसकी ओर मुसकरा रही थी। क्या यह रानी गुलबदन थी? हाँ, उसके वही काले बाल थे, वही कोमल भूरी आँखें थीं, वही गुलाब की पँखुड़ी जैसे गाल थे। यह गुलबदन ही थी, एक सेकंड में एकदम से बड़ी हुई।

जब वे एक-दूसरे की तरफ मुसकराए, उसी समय ड्रैगन बेलखुश

अपने बिल से झपटा। उसने यह जादुई परिवर्तन देख लिया था और क्रोध में उसने अपनी पूँछ पटकी, जिससे झील में एक तेज तूफान उत्पन्न हो गया।

'जल्दी, हमें बच निकलना चाहिए!' गुलबदन चिल्लाई, 'अगर हमने देरी की तो बेलखुश हमें नष्ट कर देगा।'

राजकुमार सफीर ने उसे अपनी मजबूत बाँहों में उठाया और उसे अपनी गुफा के आश्रय में ले आया। यहाँ से उन्होंने ड्रैगन को गुस्से में आग उगलते हुए देखा, क्योंकि वह उनका पीछा नहीं कर सका था। जिस पर्वत पर रानी और उसकी प्रजा ने शरण ली हुई थी, उस पर बेलखुश नहीं पहुँच सकता था। राजकुमार सफीर की बीस महीनों की तपस्या ने इसे एक पवित्र स्थान बना दिया था और सच्चाई में वह शक्ति होती है, जिससे दुष्ट भय से सिकुड़ जाते हैं।

जब वे गुफा में शरण लिये हुए थे, तब राजकुमार सफीर ने गुलबदन को अपने पिता के विशाल राज्य, अपने दिल्ली में देखे स्वप्न और अपनी लंबी खोज तथा तपस्या के बारे में बताया।

'दिल्ली में मेरे महल में,' राजकुमार ने कहा, 'तुम पूरी दुनिया और सभी लोगों की रानी बनोगी। लेकिन मुझे बताओ, तुम पर किसने जादू किया था और यह भी बताओ कि पलक झपकते ही एक परी मेरी दुलहन कैसे बन गई?'

जवाब देते हुए गुलबदन की आँखों से आँसू निकल पड़े, 'इन पहाड़ों के उस पार एक देश में मेरे पिता एक बड़े राजा थे। मेरे जन्म के जश्न के दौरान हमारे शत्रु बेलखुश ने हमारे राज्य पर हमला कर दिया। इससे पहले कि हमारी सेना उसका सामना कर पाती, हम हार गए थे और अपने राज्य को संपूर्ण विनाश से बचाने के लिए मेरा हाथ ड्रैगन बेलखुश को देने का वचन दे दिया गया। उसकी बहन मेरी माँ से नफरत करती थी। उसने जादू से मेरी माँ को एक छोटी सी हरी छिपकली और

हम सबको बौना बना दिया। दिल टूटने से मेरे पिता की मृत्यु हो गई। लेकिन मरने से पहले मेरे पिता ने मुझे बताया था कि 'जब दक्षिण उत्तर में आएगा और हानि लाभ बन जाएगी, बेलखुश अपनी शक्ति खो देगा।'

'और ऐसा ही हुआ है।' राजकुमार ने कहा, 'मैं दक्षिण का राजकुमार यहाँ उत्तर में आया हूँ। तुम्हारा मुकुट खो गया, लेकिन तुमने दुनिया का ताज पा लिया।'

'और क्या आप मेरे लोगों की सहायता करेंगे?'

'जरूर करूँगा। और क्या तुम मेरी दुलहन बनोगी?'

'जरूर बनूँगी।' गुलबदन ने कहा।

और इस प्रकार राजकुमार अपनी सुंदर दुलहन के साथ अपने पिता के राज्य में लौट आया और दिल्ली शहर में उनके शानदार स्वागत की तैयारियाँ की गईं। रेशमी झंडे हवा में लहरा रहे थे, खंभों से खंभों के बीच चमेली और गेंदे की मालाएँ लटकाई गई थीं और हर देहरी पर लाल मुरम बिछाई गई थी। नए जोड़े को एक हाथी पर बिठाकर दिल्ली की गलियों में घुमाया गया, जहाँ लोगों की भीड़ ने उनका स्वागत किया। राजकुमार सफीर लौट आया था।

'क्या यह एक सच्ची कहानी है?' अनिल ने पूछा।

'शायद सच्ची ही थी।' जावेद खान ने कहा, 'जब तुम किसी रोमांच की खोज में जाते हो तो तुम्हें अकसर सच्चाई मिलती है।'

'मैं अनेक साहसिक अभियानों पर जाना चाहूँगा।' अनिल ने कहा।

'और तुम जाओगे, हुजूर। अगर तुम किसी रोमांच की तलाश करोगे तो तुम्हें वह मिलेगा। तुम्हें यह कहीं भी मिल जाएगा—पर्वतों में या तुम्हारे घर में। राजकुमार सफीर की लंबी खोज एक रोमांच थी और उसकी बीस महीने की तपस्या भी। छोटा होना एक रोमांच है और बड़ा होना भी एक रोमांच है। हर दिन कुछ नया लेकर आता है और हर नया दिन एक रोमांच है।'

'और क्या स्वप्न सच हो सकते हैं ?' कमल ने पूछा।

'यदि तुम उन चीजों को वास्तव में चाहते हो, जिनके बारे में स्वप्न देखते हो तो स्वप्न सच हो सकते हैं। लेकिन केवल तुम ही उन्हें सच कर सकते हो। और अब तुम्हारे जाने का समय हो गया है, मेरे दोस्तो! और मेरे लिए अपनी यात्रा की तैयारी करने का। मैं वसंत में वापस आऊँगा और अगर तब तुम आओगे तो मेरे पास तुम्हारे लिए नई कहानियाँ होंगी।'

'हम आएँगे।' शशि ने कहा।

'हम आएँगे।' नन्हे विजय ने भी कहा।

वे ठंड के कारण खाली सड़क पर अपने पैरों को पटकते हुए सड़क पर बाहर आ गए। जावेद खान ने दरवाजे से उनकी तरफ हाथ हिलाया और कमल के पीछे-पीछे बच्चे लंढौर बाजार होते हुए अपने-अपने घरों की ओर चल दिए।

□

अंकल केन के साथ साइकिल की सवारी

साइकिल पर किसी लड़की के साथ चलते हुए उसे चूम लेना कोई आसान काम नहीं है, लेकिन मैंने इसे उस समय कर लिया था, जब मैं मात्र तेरह साल का और मेरी ममेरी बहन इलिसा चौदह की थी। यह अलग बात है कि इस प्रक्रिया में हम दोनों गिरकर नानी के उद्यान की फूलों की क्यारियों में पहुँच गए थे, जहाँ हमें जलकुंभी का गद्देदार आसन मिला था।

मैं एकदम अनाड़ी लड़का था। हमेशा साइकिल से गिर पड़ता था। मेरी ममेरी बहन इलिसा मुझे ठीक तरह से साइकिल चलाना सिखाती थी। वह मुझे आगे की सीट पर बैठा देती थी और खुद पीछे बैठकर जटिल मशीन के बारे में मुझे बताती रहती थी। मैंने उसे सिर्फ प्रयोग के तौर पर चूमा था। इसके पहले मैंने किसी और लड़की को नहीं चूमा था और ममेरी बहन इलिसा चूँकि चूमने लायक लग रही थी, इसलिए मैंने उसी से शुरुआत करने की सोच ली। मैं एकटक उसे निहारता रहा, तभी मैंने उसके गाल तो मैंने उसे चूम लिया, जब वह मुझे साइकिल चेन की जटिलताओं के बारे में बता रही थी। वह मेरी करतूत से इस कदर चौंकी कि साइकिल और मुझे लिये-दिए नीचे गिर पड़ी।

बाद में उसने नानी के सामने मेरी पेशी करवाई। नानी ने उससे

कहा, 'इस लड़के पर ध्यान रखो। इसके लक्षण लंपट किस्म के हैं।'

मैंने अपने प्यारे अंकल से पूछा, 'इस लंपट का मतलब क्या हुआ, अंकल केन?'

'इसका मतलब हुआ कि तुम कुत्ते के रास्ते जा रहे हो। तुम्हें अपनी ममेरी बहन को नहीं चूमना चाहिए था।'

'क्या मैं दूसरी लड़कियों को चूम सकता हूँ?'

'सिर्फ उस हालत में ही, जब उन्हें यह मंजूर हो।'

'क्या आपने कभी किसी लड़की को चूमा है, अंकल केन?'

शरमाते हुए अंकल केन बोले—'अरे··· बहुत··· बहुत··· पहले।'

'मुझे इसके बारे में बताएँ।'

'फिर कभी।'

'नहीं, मुझे अभी बताएँ। उस समय आपकी उम्र क्या रही होगी?'

'करीब बीस साल।'

'और उसकी उम्र क्या थी?'

'थोड़ी कम।'

'तो फिर क्या हुआ?'

'हम साथ-साथ साइकिल चलाते थे। मैं आगरा में रह रहा था। तुम्हारे नाना वहाँ रेलवे में काम करते थे। डेजी के पिता इंजन ड्राइवर थे। लेकिन उसे इंजन अच्छा नहीं लगता था। इंजन उसे कालिख से पोत देते थे। उन दिनों हर किसी के पास साइकिल होती थी। सिर्फ बहुत अमीर लोग कार रखते थे। और साइकिल की बराबरी कार नहीं कर सकती थी। हम कैंटोनमेंट एरिया में रहते थे, जहाँ की सड़कें सीधी और चौड़ी थीं। डेजी और मैं साइकिल से फतेहपुर सिकरी और सिकंदराबाद तक जाते थे। ताजमहल तक भी जाते थे। एक बार हमने ताजमहल चाँदनी रात में देखा और हम बहुत ही रोमांटिक हो गए। जब मैं उसे घर छोड़ने जा रहा था, तो रास्ते में अशोक के पेड़ के नीचे उसे चूम लिया।'

'मैं नहीं जानता था कि आप इतने रोमांटिक भी थे, अंकल केन! तो फिर आपने डेजी से शादी क्यों नहीं की?'

'मैं नौकरी नहीं करता था। मुझे नौकरी मिल जाने तक उसने इंतजार करने को कहा था, लेकिन दो साल बाद वह इंतजार करते-करते थक गई। उसने एक टिकट निरीक्षक से शादी कर ली।'

मैंने कहा, 'ओह, इतनी दुखद कहानी है! और आपके पास आज भी नौकरी नहीं है!'

अंकल केन ने कई तरह की नौकरी कीं—प्राइवेट ट्यूटर, सेल्समैन, शॉप असिस्टेंट, होटल मैनेजर (जब तक होटल को बंद नहीं करा दिया), और क्रिकेट कोच। क्रिकेट कोच की नौकरी उन्हें सिर्फ इस कारण मिल गई थी, क्योंकि उनकी शक्ल ज्यॉफ बायकॉट से मिलती-जुलती थी। लेकिन फिलहाल वे बेरोजगार थे और अपने जीवन के अनुभवों को मुझे सुनाने में लगे हुए थे।

उन्होंने मुझे न सिर्फ साइकिल चलाना सिखाया, बल्कि साइकिल से पूरे देहरादून और शहर के बाहर की गलियों व सड़कों का चक्कर काटने में भी मेरा साथ दिया।

साइकिल अपने सवार को कई तरह की आजादी देती है। कार भी आपको आगे ले जाएगी, लेकिन चूँकि आप अंदर में सीमित जगह में बैठे होते हैं, इसलिए आपके पास खुली जगहों और अपरिचित सड़कों को देखने की आजादी नहीं रहती। साइकिल पर आप अपने चेहरे पर पड़नेवाले हवा के झोंके को महसूस कर सकते हैं, आम के पेड़ों की सुगंध ले सकते हैं, साइकिल को धीमी कर तालाब में लोट रही भैंसों को निहार सकते हैं या फिर कहीं भी साइकिल को रोककर उसपर से उतरकर चाय या गन्ने का रस पी सकते हैं। पाँव घसीटकर कहीं पहुँचने में समय लगता है और कारें बहुत तेज चलती हैं—आप ठीक से कुछ देख सकें, इसके पहले ही वह सनसनाकर पीछे छूट जाता है—और कार

ड्राइवरों को गाड़ी खड़ी करने से चिढ़ होती है, वे सिर्फ कम-से-कम समय में गंतव्य स्थान पर पहुँच जाना चाहते हैं। लेकिन जो लोग आराम से दुनिया को देखना चाहते हैं और साथ-ही-साथ चाहते हैं कि दुनिया भी उन्हें देखे, उनके लिए साइकिल सबसे अच्छी सवारी है।

मैंने अंकल केन के साथ जाड़े की छुट्टियों में मजेदार साइकिल-सवारी की थी। इसमें सबसे यादगार शहर के बाहरी छोर पर स्थित रेस्टहोम की अनियोजित यात्रा थी। अब वह रेस्ट होम वहाँ नहीं है, इसलिए उसे देखने नहीं जाइएगा। उस दिन हम दोनों ने बहुत अधिक साइकिल चलाई थी, इसलिए हम बहुत थके हुए थे। प्यास भी बहुत जोर से लगी हुई थी। उस रोड पर कहीं किसी चाय दुकान का कोई अता-पता नहीं था, लेकिन ज्योंही हम एक मोहक भवन के खुले गेट के पास पहुँचे तो वहाँ एक साइनबोर्ड मिला। साइनबोर्ड पर लिखा हुआ था—रेस्ट एंड रिक्यूपिरेशन सेंटर। हमने सोचा यह कोई होटल या हॉस्टल है और हम सीधे परिसर के अंदर घुस गए। अंदर में एक तरफ बाड़ों तथा फूलों से घिरा एक बड़ा-सा लॉन था। लॉन में बहुत से लोग टहल रहे थे। कुछ लोग बेंच पर बैठे हुए थे। एक या दो लोग दीवार पर खड़े होकर आपस में गप्पें मार रहे थे। एक आदमी बिना किसी श्रोता के गा रहा था। इनमें कुछ लोग यूरोपियन और कुछ भारतीय थे।

बरसाती में अपनी साइकिल छोड़कर हम नाश्ते की तलाश में निकले। सफेद साड़ी पहनी हुई एक महिला ने हमें सुराही से ठंडा पानी दिया और अपने दफ्तर के बाहर पड़ी बेंच पर बैठ जाने को कहा। लेकिन अंकल केन ने कहा कि हमें कुछ आगंतुकों से मिलना चाहिए। हम लॉन में उस गायक के पास चले गए, जो अकेले में ही अभ्यास कर रहा था। वह आलंकारिक भद्र पुरुष था—बहुत ही मोटा-तगड़ा!

जब हम उसके पास पहुँचे तो उसने सवाल किया, 'क्या आपको मेरा गाना पसंद है?'

अंकल केन ने कहा, 'अद्भुत! आप करूजो की तरह गाते हैं।'

गायक ने दृढ़ता के साथ कहा, 'मैं करूजो ही हूँ!' इतना कहने के साथ ही वह एक संगीतीय लय की शुरुआती पंक्तियों को गाने लगा।

हम जल्दी से आगे बढ़े। हमारी मुलाकात एक सुशिष्ट जोड़े से हुई। यह जोड़ा लॉन के चारों ओर टहल रहा था और अदृश्य भीड़ की ओर हाथ हिलाए जा रहा था।

एक भड़कीले सज्जन ने हमारी ओर मुखातिब हो कहा, 'गुड डे टू यू जेंटलमेन। आप तो स्वीडन के एंबेंसडर हैं न?'

अंकल केन ने जोशपूर्ण अंदाज में जवाब दिया, 'इफ यू सो विश! और आप··· ?'

'इंपेरर नेपोलियन, ऑफकोर्स।'

उस सज्जन के बगल में खड़ी महिला की ओर मुखातिब होकर अंकल केन ने कहा, 'ऑफकोर्स! और यह तो इमप्रेस जॉसफिन ही होंगीं?'

नेपोलियन ने कहा, 'दरअसल, ये मेरी वालेस्का हैं। जॉसफिन आज बीमार हैं।'

मैं खुद को 'मैड हेटर' की 'टी पार्टी' के एलाइस की तरह महसूस करने लगा था और अंकल केन के कोट की बाँह को रगड़ते हुए उनके कान में बुदबुदाया कि हम लोगों को लंच में देरी हो रही है।

इसी बीच पगड़ी बाँधे लंबी-लंबी मूँछोंवाला एक व्यक्ति हमारे सामने दिखाई दिया। उसने बड़े ताव से कहा, 'मैं पृथ्वीराज चौहान हूँ। आप हमारे राजमहल में डिनर के लिए आमंत्रित हैं।'

अंकल केन ने जवाब दिया, 'महाराज आप यहाँ हैं! आपका साथ होना सचमुच हमारे लिए बड़े गौरव की बात है।'

मैंने घबराहट में कहा, 'मेरे लिए भी।'

'मेरे साथ आओ बालक, मैं और लोगों का परिचय कराता हूँ।'

पृथ्वीराज चौहान ने मेरा हाथ पकड़ लिया और लॉन में गाइड करते हुए आगे बढ़ता रहा—'यहाँ कई नामी-गिरामी पुरुष और महिलाएँ हैं। यहाँ मार्को पोलो हैं। वे अभी चीन से लौटे हैं। और अगर तुम्हें करूजो का गायन पसंद नहीं है तो फिर उस इमली के पेड़ के नीचे तानसेन हैं। शायद तुम्हें मालूम होगा कि सुरीली आवाज के लिए इमली का पत्ता बहुत अच्छा होता है। और जो ये सज्जन हैं, वे लॉर्ड कर्जन हैं, जो वायसराय हैं। वे मारकेश के सुलतान के साथ बात कर रहे हैं। मेरे साथ आओ, मैं उन सभी से तुम्हारा परिचय कराता हूँ…ये डेनमार्क के राजकुमार हैं, यहीं हो न?'

मैं इसका खंडन करता, इसके पहले ही सफेद कोट पहने एक सज्जन ने हमें बीच में ही रोका। उनके साथ सफेद कोट में ही उनका असिस्टेंट भी था। वे इंचार्ज जैसे दिख रहे थे।

इन दोनों में से बड़े ने पूछा, 'और तुम यहाँ क्या कर रहे हो, बच्चे?'

अंकल केन की ओर इशारा करते हुए मैंने जवाब दिया, 'मैं अपने अंकल के साथ आया हूँ।' अंकल केन ने आगे बढ़कर गर्मजोशी के साथ इंचार्ज से हाथ मिलाया।

अंकल केन ने कहा, 'और आप तो डॉ. फ्रायड हैं न! बहुत ही आनंददायक जगह है यह।'

'दरअसल, मैं डॉ. गोयल हूँ। तुम हमारे नए रोगी हो, जिसका हमें इंतजार था। लेकिन उन लोगों ने तुम्हें एक बालक के साथ यहाँ भेज दिया है। कोई बात नहीं, हमारे साथ ऑफिस चलो। हम तुम्हें भरती कर लेंगे।'

अंकल केन और मैंने प्रतिरोध किया कि हम लोग संभाव्य रोगी नहीं हैं। इसे साबित करने के लिए हमारे पास अपनी साइकिल है! फिर भी डॉ. गोयल हमारी बातों को मानने के लिए कतई तैयार नहीं थे। डॉ. गोयल और उनका असिस्टेंट अंकल केन को अपनी बाँहों में टाँगकर अपने दफ्तर तक ले गए। मैं उनके पीछे-पीछे चलता गया और

यह सोचता रहा कि अच्छा रहेगा कि मैं अपनी साइकिल लेकर यहाँ से भाग जाऊँ और जाकर नानी को यह दुःखद खबर दूँ कि अंकल केन को पागलखाने में बंदी बना लिया गया है।

ठीक उसी समय एक एंबुलेंस वास्तविक रोगी, उत्पीड़न मनोग्रंथि से ग्रस्त एक प्रिंसिपल को लेकर पहुँची। वह पक्के तौर पर संतुलित व्यक्ति की तरह चिल्ला रहा था कि उनके संपूर्ण स्टाफ ने उन्हें स्कूल से निकालने की साजिश रच रखी है। यह सही ही लग रहा था, क्योंकि स्टाफ यहाँ यह सुनिश्चित करने में जुटे हुए थे कि प्रिंसिपल किसी तरह यहाँ से भाग सकें।

डॉ. गोयल ने अंकल केन से और अंकल केन ने डॉ. गोयल से माफी माँगी। सज्जन डॉक्टर हमारे साथ गेट तक भी आए। उन्होंने अंकल केन से हाथ मिलाया और कहा, 'मुझे लग रहा है कि आप यहाँ फिर आएँगे।' मेरे अंकल को निहारते हुए उन्होंने कहा, 'लगता है, आपको कहीं पहले भी देखा है, सर! आपने अपना नाम क्या बताया था?'

अंकल केन ने शरारत के साथ कहा, 'ज्यॉफ बायकाट' और फिर वे उनके बारे में दूसरी राय बनाते, इससे पहले ही हम वहाँ से निकल गए।

□

दो खूबसूरत काली आँखें

यह उस समय की बात है, जब मैं लॉन्ग बीच में था। वहाँ ऐलन नाम के एक व्यक्ति से मेरी भेंट हुई और हमारी यह मुलाकात जल्दी ही एक साझेदारी में बदल गई। पहले यह व्यक्ति एक 'गुब्बारा-उड़ाका' (बैलूनिस्ट) रह चुका था। और उस दौरान उसने हवाबाजी में काफी ज्ञान एवं तजुरबा हासिल कर लिया था; अब वह फिल्म-कार्य के लिए करतब दिखानेवाले लोगों के एजेंट के रूप में अच्छा बड़ा कारोबार करने लगा था। बदकिस्मती से उसके अंदर भी कुछ ऐसे छोटे-मोटे दोष थे, जो बहुत से अच्छे कारोबारियों में होते हैं, और उन्हीं दोषों के कारण अंततः अमेरिकी सरकार द्वारा उसपर प्रतिबंध लगा दिया गया।

उसका मुख्य दोष यह था कि वह अति-उत्सुक युवकों को बहुत ही घटिया किस्म के उपकरण बेच रहा था। उन दिनों हवाई-छतरियाँ (पैराशूट) प्राप्त करना बड़ा मुश्किल हो गया था और जब ऐलन ने उन्हें अपेक्षाकृत आसान शर्तों पर देने का प्रस्ताव किया तो उन तजुरबेकार कलाबाजों को पैराशूट प्राप्त करने का सुनहरा अवसर मिल गया।

नतीजा यह हुआ कि हवाई-छतरी से करतब दिखानेवालों की मृत्यु दर में बहुत अधिक बढ़ोतरी हो गई। और अगर मैं अधिक सावधान एवं अनुभवी न होता तो अवश्य ही मेरी गिनती भी उन मरनेवालों में होती, जिन्होंने ऐलन से पैराशूट खरीदे थे।

मैं कबूल करता हूँ कि इस आदमी के साथ मेरी पहली बड़ी दुर्घटना का कारण मेरा अपना दु:साहस ही था। उसके पास अन्य कुतूहलपूर्ण वस्तुओं के बीच, लगभग 45 फीट व्यास का एक विशाल पैराशूट था, जिसकी चौड़ाई सामान्य से करीब दो गुनी थी। इस उपकरण की अवर्णनीय पथभ्रष्टता एवं असंगति के कारण ही शायद इसका नाम 'ऐलन का हूडू' रखा गया था। अपनी उड़ान के कुछ मार्ग में तो इसकी चाल स्वाभाविक रहती थी, फिर यह अपनी रफ्तार को अचानक दुलत्ती मारता है और अपनी प्रच्छन्न बदमाशी को प्रकट करने लगता है। कई लोगों ने इस पैराशूट में 'घुसने' की कोशिश की थी। उन सभी के साथ भीषण दुर्घटना घटी।

एक दिन मैं ऐलन के पास गया और उससे बोला, 'मैं उस पुराने हूडू में एक तफरी करूँगा।'

'क्या ऐसा है!' उसने जवाब दिया।

'पक्का।' मैंने कहा। 'मैं किसी समय उसे लेकर कूद जाऊँगा।' उसने अपने कंधे उचकाए, 'बहुत अच्छा, अपने अगले करतब पर आप इसे हवा दे सकते हैं।'

मेरा अगला करतब एक फिल्म के लिए डायसर के हवाई अड्डे पर होने वाला था। जहाँ मुझे उस नायक का किरदार निभाना था, जो किसी मशीन से निकल भागता है। कारण क्या था, मुझे पता नहीं। इस स्टंट के लिए मैं उसका 24 फीट का सामान्य पैराशूट भी इस्तेमाल कर सकता था, क्योंकि काम बहुत आसान था। लेकिन जैसाकि मैं पहले ही 'हूडू' के साथ कूदने का इरादा पक्का कर चुका था, यह मौका मेरे हाथ लग गया।

मैंने बड़ी शांति से चलना शुरू किया। छतरी बड़े सही ढंग से खुली और सबकुछ ठीक-ठाक लगा। तत्पश्चात् मैंने झूलना शुरू किया। हर पैराशूट आपको थोड़ा-बहुत झुलाता है। लेकिन उसने मुझे बहुत झुलाया।

समस्या असल में यह थी कि मेरा वजन पैराशूट के असामान्य वजन को सँभालने के लिए पर्याप्त तो क्या, उसके आस-पास भी नहीं था, न ही मुझमें इतनी ताकत थी कि मैं रस्सियों को खींचकर झूल के प्रभाव को विफल कर सकूँ, जैसाकि किसी आपातस्थिति में सामान्यत: किया जाता है।

मेरा झूलना अधिकाधिक उग्र होता चला गया और बाद में बहुत खतरनाक भी। स्थिति इस हद तक पहुँच गई कि कुछ मौकों पर मैंने खुद को पैराशूट में उस छेद से नीचे झाँकते पाया, जो मेरे सिर से करीब 30 फीट ऊपर रहा होगा। इतना होने पर भी मैंने अधिक कठिनाई महसूस नहीं की होती, अगर मुझे वापस उसी ढंग में झुलाया गया होता, जिस तरह ऊपर की ओर जाते समय हुआ था। लेकिन सच यह है कि अपकेंद्री बल ने बिलकुल ऊँचाई पर पहुँचकर मुझे धोखा दे दिया। और मैं लगभग लंबवत् अर्थात् बिलकुल खड़ी अवस्था में नीचे गिरने लगा तथा 30 फुटी रस्सियों के अंत में जबरदस्त झटके के साथ फिर ऊपर उठ गया।

लेकिन यह कोई बड़ी चिंता की बात नहीं थी। इससे अधिक गंभीर संकट तो अभी आने वाला था, और वह तब आया जब मैं जमीन छू चुका था। रस्सियों के छोर पर लटका मैं चारों ओर इस तरह तेजी से घूम रहा था, जैसे किसी बहुत बड़ी गुलेल में पत्थर के एक टुकड़े को घुमाया जा रहा हो। और इसमें जरा भी शक नहीं रह गया था कि मैं इतने जोर से जमीन से टकराऊँगा कि मेरे शरीर की लुगदी बनकर रह जाएगी।

इसे कुदरत का करिश्मा ही कहना होगा कि मैं बच गया— अधिकांशत: बच गया। ऊर्ध्वगामी झूम पर कुछ फीट से मैं जमीन से दूर रह गया और भूमि से मेरा संपर्क करनेवाला गुरुत्वाकर्षण के अलावा कोई नहीं था। नीचे आने की अंतिम कूद में अभी 20 से 30 फीट की दूरी थी। और मैं वास्तव में बैठने की मुद्रा में जमीन से टकराया, जिसके कारण मेरी रीढ़ की पुच्छ हड्डी टूट गई और चोट से मेरी आँखें बुरी तरह काली पड़ गईं।

आँखें काली कैसे पड़ीं, मैं नहीं बता सकता। इसका जवाब तो कोई डॉक्टर ही दे सकता है। लेकिन ऐसा लगता था जैसे मेरा माथा रेत भरी बोरी से टकराया हो।

जब उन्होंने धूल-मिट्टी में से मुझे बाहर निकाला, उन्होंने देखा कि मेरे अंदर अभी कुछ जान बाकी है; अतः उन लोगों ने मुझे एक मोटर गाड़ी में डालकर मैदान में चारों ओर घुमाया—लोगों को दिखाने के लिए कि मैं मरा नहीं हूँ। विजय की इस पूरी परेड में मुझे पूरा होश था कि क्या हो रहा है। लेकिन जब हम विमान घर के पीछे एक आरामदेह जगह पर पहुँचे, मैं एक गहरी नींद में खो गया और एक सप्ताह तक मुझे होश नहीं आया।

बिस्तर पर पड़े-पड़े स्वास्थ्य-लाभ करने के दौरान मैंने एक ऐसे लड़के की मौत के बारे में पढ़ा, जिसे ऐलन ने एक छोटा, बोगस पैराशूट बेचा था। यह वही पैराशूट था, जिसे मैंने कुछ समय पहले देखा और जाँचा-परखा था। उसका रेशमी कपड़ा तो ठीक-ठीक था, लेकिन उसका साज-सामान, मैं एक निगाह में बता सकता था, बिलकुल बेकार था।

यह लड़का पूर्व का रहनेवाला था। उड़ान-कला में उसने अभी-अभी कदम रखा था और उसके दिमाग में यह बात घर कर गई थी कि कोई भी विमान-चालक तब तक अपने नाम को सार्थक नहीं कर सकता, जब तक कि उसने पैराशूट से उतरना न सीखा हो। अतः उसने ऐलन से किट खरीद ली और उसकी जाँच किए बिना ही छलाँग लगा दी।

कपड़ा खुल गया और उसमें तत्काल हवा भर गई। वास्तव में, बहुत जल्दी और उसके कारण फीता-पट्टी आदि साज-सामान पर औसत से अधिक खिंचाव पड़ गया। लेकिन वह फीता-पट्टी एक रुमाल का खिंचाव भी सहने काबिल नहीं थी। नतीजा यह हुआ कि फीता-पट्टी टूटकर अलग हो गई और अगले ही क्षण उस जवान लड़के की देह 120 मील प्रति घंटा की रफ्तार से नीचे गिर रही थी। वह हवाई अड्डे

के निकट दो विशाल टैंकों के बीच आकर गिरा और उसके शरीर को तलाशने में करीब एक घंटा लग गया।

लेकिन ऐलन ने परवाह नहीं की। इस दुर्घटना के कुछ समय बाद ही उसने एक और खराब पैराशूट किराए पर दे दिया। इस बार फीता-पट्टी आदि काफी ठीक दशा में थी। ऐलन कभी भी अपनी उड़न छतरियों को एक ही जगह पर दो बार कमजोर बनाने की गलती नहीं करता था। लेकिन रस्सियाँ बहुत ही घटिया थीं—मछली पकड़ने में काम आनेवाली साधारण डोरी। उसकी जगह जूतों के तसमे भी लगे होते, तब भी लड़का बच जाता।

जब उसने कूद लगाई, कपड़ा हवा भरने से इतना खुल गया कि उसे झटके के साथ सीधा ऊपर की ओर ले उड़े। फिर डोरियाँ ऐंठने लग गईं। अगर आप ऐंठी हुई डोरी किसी बालटी में बाँधते हैं, उसमें कुछ वजन रख देते हैं और उसे एक हाथ की दूरी पर ऊपर उठाते हैं तो आप देखेंगे कि बालटी धीरे-धीरे घूमना शुरू कर देती है। उस लड़के के साथ भी वही हुआ। जैसे ही डोरियों पर उसका भार पड़ा, वे ऐंठने लगीं और एक-दूसरे से लिपट गईं। सारी रस्सियाँ मरोड़ खाने के बाद एक तार में बदल गईं और पैराशूट, जिसे खुलकर एक छतरी की तरह तन जाना चाहिए था, एक गठरी में तब्दील हो गया। इस तरह पैराशूट हवा का प्रतिरोध उस बेचारे लड़के से अधिक नहीं कर पाया और वे दोनों किसी धूमकेतु की भाँति एक साथ नीचे आ गिरे और तबाह हो गए।

इस वृत्तांत ने मुझे चौंका दिया। एक साथ दो-दो मौत की घटनाएँ और दोनों के पीछे ऐलन की घटिया करतूत होने का पक्का संदेह—मैं सोचने पर मजबूर हो गया। फिर भी, मैंने उसके साथ अपनी साझेदारी एकदम नहीं तोड़ी, क्योंकि आखिरकार वह एक अच्छा एजेंट था। और घटिया पैराशूट बनाने में मैंने उसकी कोई मदद नहीं की थी। लेकिन एक दिन ऐसा कुछ हुआ कि मैंने तुरंत उससे कोई नाता न रखने का निश्चय

कर लिया। यह कोई जीवन और मृत्यु का सवाल नहीं था, बल्कि उससे भी कहीं अधिक महत्त्वपूर्ण कारण था—पैसा।

मेरे एजेंट के रूप में उसने एक फिल्म कंपनी में मेरे लिए काम का जुगाड़ किया था। करतब (स्टंट) इतना साधारण किस्म का था कि उसका उल्लेख करना आवश्यक नहीं है। जब काम खत्म हो गया और अपना पैसा लेने का समय आया तो मैं ऐलन के पास गया। कंपनी ने उसे पहले ही भुगतान कर दिया था—और मैंने अपना पारिश्रमिक माँगा।

'तुम्हें उसके लिए इंतजार करना पड़ेगा।' उसने जवाब दिया।

'मुझे अभी चाहिए।' मैंने कहा और अपना पैसा माँगा।

'अभी तो नहीं मिल सकता। अच्छा, समय आने पर मैं तुम्हें भुगतान कर दूँगा।'

'यानी, जब तुम देना चाहोगे, तब दोगे, क्यों?'

'ऐसा ही है।'

'तो ठीक है,' मैंने कहा, 'मुझे वह मंजूर नहीं, इसलिए मैंने छोड़ दिया।' चूँकि उसने मेरा पैसा नहीं दिया, मैंने उसके एक पैराशूट में छेद कर दिया।

लेकिन ऐलन और उसका सबकुछ अंदर तक निकृष्ट एवं निहायत घटिया था। वह पैराशूट नकली था।

इस बीच सर्कस को देशों के एक और दौरे पर जाना था, लेकिन इस बार पूर्वी राज्यों में। इस यात्रा पर जाने के लिए मेरे पास एक तेज नायूपोर्ट लड़ाकू विमान था, जो उन पुराने विमानों से बिलकुल नए प्रकार का था, जिनका मैं अभ्यस्त हो चुका था। बाद में किस्मत ने अगर साथ न दिया होता तो इस नायूपोर्ट ने मुझे मार ही डाला था।

जब हम सैन एंटोनियो, टेक्सास पहुँचे, एक साथी ने मुझे इर्विन पैराशूट दिखाया, जो एक मायने में उन हवाई-छतरियों से बहुत भिन्न था, जिनका मैं प्रयोग किया करता था। पहलेवाला पैराशूट जहाँ स्थिर-डोरी

को खींचने से खुलता था, इर्विन पैराशूट को रिप-कॉर्ड से खोला जाता था।

इस पैराशूट की जाँच करने के बाद मैंने पाया कि रिप-कॉर्ड को खींचने से स्टील के दो लंबे पतले पिन भी बाहर आ जाते हैं। ये पिन पैराशूट के परदों को बंद रखते हैं। जब रिप-कॉर्ड को खींचा जाता, पिन झटके से बाहर निकल जाते, परदे चिड़िया के पंखों की तरह खुल जाते और एक बहुत छोटा कर्णिक पैराशूट प्रकट होता, जो तुरंत खुल जाता और फिर मुख्य पैराशूट को धक्के से खोल देता।

मजेदार बात यह थी कि यह सब पलक झपकते ही हो जाता।

मैं स्वीकार करता हूँ कि अब तक मुझे रिप-कॉर्ड के आविष्कार पर संदेह था, लेकिन इर्विन पैराशूट को आजमाने के बाद मुझे मानना पड़ा कि यह उन पैराशूटों से बहुत बेहतर था, जिनका मैं प्रयोग करता था।

इन पैराशूटों को हासिल करने के बाद हमारे साथ केवल दो हादसे हुए; लेकिन इन हादसों का स्टंट से कोई संबंध नहीं था। पहली दुर्घटना तो तब हुई, जब उड़ान के दौरान हम रेतीले तूफान में फँस गए और हमारे टैंकों में दो-तीन घंटों तक का ही पेट्रोल बचा था। रेत की आँधी का सामना करना तब भी कोई खेल नहीं होता है, जब आप जमीन पर होते हैं। और जब एक तेज रफ्तार गाड़ी की गति से हवाई यात्रा कर रहे हों, तब ऐसे में कुछ भी हो सकता है। इसके अलावा एक हवाई जहाज में जमीन के नजदीक उड़ते हुए दृश्यता का होना अत्यावश्यक है।

हम एक रेलमार्ग के साथ-साथ जा रहे थे, क्योंकि इस जिले में जबरन उतरने का मतलब था—कई दिनों या सप्ताहों तक किसी के आने का इंतजार करना। और रेलमार्ग का अनुसरण करते हुए ही हम बस्ती तक पहुँच सकते थे। चूँकि कहीं-न-कहीं तो हमें उतरना ही था, इसलिए हम रेलमार्ग के जितना नजदीक पहुँच सकते थे, उतने नजदीक पहुँचकर नीचे आ गए।

जमीन को छूते ही विमान को झटका लगा, लेकिन हमें उसकी चिंता

नहीं थी। जमीन पर थोड़ी देर चलने के बाद हमारा विमान अचानक, लेकिन संतोषजनक ढंग से ठहर गया। और सुरक्षित उतरने पर हमने एक-दूसरे को बधाई दी।

अपने चेहरे से रेत साफ करते हुए अचानक मैंने देखा कि विमान के दोनों पंख गायब हैं। यह देखकर मैं बहुत खीझ गया।

उतरने पर विमान का इस तरह ढह जाने का कोई मतलब नहीं है। बेशक वह दिन दूर नहीं, जब हमारे पास पंख समेटते जहाज भी हों, लेकिन हमारे विमान के बारे में फिलहाल ऐसे कल्पना भी नहीं की जा सकती थी। लेकिन हमने यह भी नहीं सोचा था कि हमारा विमान जमीन पर सुरक्षित उतार लिये जाने के बावजूद हमारे साथ इस तरह का धोखा करेगा—अपने महत्त्वपूर्ण अंगों से हाथ धो बैठेगा।

गुस्से से अधिक दुःख का अनुभव करते हुए मैंने विमान के ढाँचे को दोनों तरफ से अच्छी तरह से देखा और रेत के थपेड़ों के बीच पंखों की निशानी खोजने का प्रयास किया। हालाँकि हमें कुछ भी समझ नहीं आ रहा था और तभी मैंने देखा कि क्या हुआ होगा।

हमारा विमान जब नीचे उतरा, विमान के पहिए कैक्टस के दो झुरमुटों के बीच घिरी जमीन की तंग पट्टी से लग गए थे—उसपर आगे बढ़ते हुए। विमान के पंख दोनों ओर उगी झाड़ियों से उलझते रहे, जिसका परिणाम यह हुआ कि कैक्टस एवं जंगली झाड़-झंखाड़ से टकरा-टकराकर पंखों के परखच्चे उड़ गए।

हमने उसे वहीं सड़ने के लिए छोड़ दिया और चार घंटे तक रेल पटरी पर बैठे रहे। इस दौरान अंधड़ शांत हो गया और हम अगली गाड़ी को रोकने में कामयाब हो गए। रेल पदाधिकारियों ने यह देखकर कि हमारे पास और कोई चारा नहीं है, हमें गाड़ी में चढ़ा लिया। और हमारा वह हवाई जहाज, मैं समझता हूँ, अभी तक रेगिस्तान में ही धँसा पड़ा है।

दूसरी दुर्घटना कुछ वैयक्तिक अधिक थी। और इसका कारण भी

फिर वही दुराचारी और मानव द्वेषी कैक्टस की झाड़ी थी, जिसे कुछ लोग दिल का बहुत अच्छा मानते हैं। लेकिन देखने में तो वह बहुत डरावनी लगती है। मैं इस बार पैराशूट के जरिए काफी स्वाभाविक ढंग से नीचे आ रहा था। लेकिन हवा के झोंके ने सीधे-सादे रास्ते से मुझे कुछ दूर कर दिया।

मैंने कभी भी उलटी रखी संगीनों में छलाँग नहीं मारी है। लेकिन मैं समझता हूँ ऐसे ही एक अनुभव से गुजरने के बारे में बताने का मुझे पूरा अधिकार है। मेरा पैराशूट उत्तरी अमरीका के कैक्टस से भरे सबसे बड़े झुरमुट में जाकर धँस गया। मुझे पक्का यकीन है कि इस झुरमुट को विशेष रूप से इसी प्रयोजन के लिए चुना गया होगा—और मेरा बदन दर्द से चीखते एक मानवीय पिनकुशन में बदल गया। और वे पिन भी ऐसे-वैसे नहीं थे, बुनाई करनेवाली सुइयों के आकार के थे।

मेरे बदन में चुभे इन काँटों को निकालने में उन्हें कुछ समय लगा और यह मेरे लिए वास्तव में कोई छुट्टी का दिन भी नहीं था।

□

अध्ययन का रोमांच

1. लघु पुस्तिकाओं का सौंदर्य

आजकल वे छोटी पुस्तिकाएँ—जो सही मायने में पॉकेट बुक्स हुआ करती थीं—देखने को नहीं मिलतीं, जो हमारे माता-पिता या दादा-दादी के बीच काफी लोकप्रिय हुआ करती थीं। ये पुस्तिकाएँ पेपरबैक की अपेक्षा बहुत छोटी, कभी-कभी हथेली से भी छोटी होती थीं। कॉफी टेबल पुस्तकों के आने से किताबों का आकार बड़ा होता जा रहा है। एक दिन ऐसा आएगा, जब ये पुस्तकें—गलत बोतल से ड्रिंक कर लेने के बाद एलाइस की तरह—छत की ऊँचाई तक पहुँच जाएँगी। औसत प्रकाशक—जो यह मानकर चलते हैं कि लाभ बड़ी पुस्तकों में ही मिलता है—इन पुरानी लघु पुस्तिकाओं को देखकर या तो हँसेंगे या फिर देखकर मुँह फेर लेंगे। यह सच है कि वे पुस्तकें कॉफी टेबल के लिए उपयुक्त नहीं थीं, लेकिन पुस्तक-प्रेमियों के लिए वे बहुत सुविधाजनक थीं, क्योंकि उन्हें बहुत आसानी से जेब में डालकर चला जा सकता था।

मेरे पास ऐसी लघु पुस्तिकाओं का एक संग्रह है, जिसे मैंने वर्षों से सँजोकर रखा है। इनमें सबसे महत्त्वपूर्ण है मेरे पिताजी की प्रार्थना-पुस्तिका व भजन संग्रह और जिसके आवरण पर उनका नाम लिखा है—ऑब्रे बॉण्ड, लवडेल, 1917, (Aubrey Bond, Lovedale, 1917)।

लवडेल दक्षिण भारत में नीलगिरि पहाड़ियों में स्थित एक स्कूल है, जिसमें उन्होंने युवावस्था में अपना अध्यापक प्रशिक्षण प्राप्त किया था। 1944 में शिमला के एक बोर्डिंग स्कूल में जाने के बाद उन्होंने मुझे यह पुस्तक दी थी। इस पर उनके सुंदर हस्तलेख में मेरा नाम लिखा हुआ है। मेरे संग्रह में एक और प्रार्थना की पुस्तक है, जिसका नाम है—'द फिंगर प्रेयर बुक'। इसकी बाइंडिंग मुलायम लेदर से हुई है और लंबाई-चौड़ाई में यह मध्यमा उँगली जैसी है। यह पुस्तक प्रार्थना और भजनों से भरी पड़ी है। लघु पुस्तिकाओं में यह किसी चमत्कार से कम नहीं है।

'द ह्यूमर ऑफ चार्ल्स लैंब' (The Humour of Charles Lamb) भी कोई ज्यादा बड़ी नहीं है। मुलायम चमड़े की जिल्दवाली यह पुस्तक मेरे बटुए में आराम से आ जाती है। इसमें महान् निबंधकार की एक छोटी सी फोटो के साथ-साथ उनके 30-40 उद्धरण हैं। उदाहरण के लिए, एक उद्धरण जो मेरा पसंदीदा है—"हर मृत आदमी मुझे यह समझाए कि 'जैसा वह अभी है, मैं भी जल्दी ही वैसा ही हो जाऊँ।' इतनी जल्दी नहीं जितनी आप सोच रहे हैं। अभी मैं जिंदा हूँ। मैं चलता-फिरता हूँ। मैं तुम्हारे जैसे बीस के बराबर हूँ।"

भाग्यवादी नहीं लैंब। समय के साथ उन्होंने कोई समझौता नहीं किया। वह कहा करते थे कि वृद्धावस्था में भी हमें वैसे ही चमकते रहना चाहिए, जैसे युवावस्था में। लेकिन फिर भी लैंब को पुरानी सोच का लेखक माना जाता है।

इन लघु पुस्तिकाओं में मेरी एक और पसंदीदा पुस्तिका है—'मॉर्निंग पोस्ट' अखबार द्वारा 1932 में प्रकाशित 'द पॉकेट ट्रिवेट एन. एंथोलॉजी फॉर ऑप्टीमिस्ट्स।' लेकिन यह ट्रिवेट क्या है? ट्रिवेट धातु की बनी एक छोटी-सी तिपाई होती है जो छोटे बरतन या केतली वगैरह रखने के लिए स्टैंड का काम करती है। ट्रिवेट की तरह ठीक होने का अर्थ

होता है पूरी तरह से ठीक होना। बिल्कुल ठीक, इस पुस्तक में दी गई सूक्तियों की तरह, जिन्हें 17वीं शताब्दी के मूल लेखों पर आधारित उद्धरणों से और भी जीवंत बना दिया गया है; जैसे एक पतंगे का उदाहरण, जो मोमबत्ती की लौ के इर्द-गिर्द मँडरा रहा है और उसके नीचे लिखा है—"(इसमें) मैं अपनी पीड़ा ढूँढ़ रहा हूँ।"

लेकिन पुस्तक में ज्यादातर सूक्तियाँ मनोरंजक प्रकृति की हैं, उदाहरण के लिए इमर्सन की—"अपनी गाड़ी को एक तारे से बाँध दो", या वेस्ट इंडीज की कहावत—"हर रोज क्रिसमस नहीं और हर रोज बारिश का दिन नहीं।"

इस प्रकार यह छोटी सी पुस्तिका बहुत कम स्थान में भी ज्ञान के बहुत से मोती समेटे हुए है। यह मुझे अपनी जर्जर बिल्डिंग को भुलाकर अपने बेडरूम की खिड़कियों से बादलों के बदलते स्वरूप को निहारने में मेरी मदद करती है। बादल कब, किस रूप और आकार में दिखाई देंगे, इसकी कोई सीमा नहीं है, न ही उन्हें देखकर मेरे मन में उठनेवाली कहानियों का कोई अंत है। सौंदर्य और संतोष की तलाश में हमें दुनिया में भटकने की जरूरत नहीं है। आखिरकार, जिंदगी से जुड़ी ज्यादातर चीजें हमें अपने मन के भीतर ही मिलती हैं। मेरी इस पुस्तिका में एक अज्ञात संत का कथन है—"इस दुनिया का आकार मनुष्य के सिर के आकार के बराबर ही है।"

2. हस्तलिखित

आजकल के लेखकों में मेरे जैसा लेखक मुश्किल से ही मिलेगा—ऐसा लेखक, जो हाथ से लिखता है।

टाइपराइटर के आविष्कार के बाद ज्यादातर संपादकों और प्रकाशकों ने हस्तलिखित पांडुलिपियों की ओर देखना ही बंद कर दिया। एक या दो दशक पहले जब डिकेंस और बाल्जाक (Balzac) ने अपनी

हस्तलिखित भारी-भरकम पांडुलिपि प्रकाशकों को सौंपी थी, तब किसी ने भी कोई विरोध नहीं किया। उनकी लिखावट यदि गंदी भी होती तो भी उनकी पांडुलिपियाँ पढ़ी जातीं। हम सबके लिए सौभाग्य की बात है कि ज्यादातर लेखकों ने—चाहे वे प्रसिद्ध लेखक रहे हों या फिर संघर्षरत लेखक—अपनी लिखावट अच्छी बनाने के लिए काम किया। कुछ पांडुलिपियों की लिखावट स्वाभाविक रूप से ही इतनी सुंदर है कि उन्हें देखना और पढ़ना अच्छा लगता है।

ऐसा नहीं है कि लेखक ही हाथों से लिखा करते थे। हमारे पूर्वजों की भी लिखने की अपनी अलग कला और शैली थी। मेरे पिताजी का अंतिम पत्र अब भी मेरे पास रखा है, जो उन्होंने लगभग पचास साल पहले मुझे लिखा था, जब मैं शिमला के एक बोर्डिंग स्कूल में रहता था। वह बड़े आकार के पेपर पर बड़े सुंदर ढंग से पत्र लिखते थे और उनके विचारों का प्रवाह भी उतना ही सुंदर होता था जितना सुंदर उनका हस्तलेख होता था।

पत्र में उन्होंने मुझे अपनी लिखावट पर ध्यान देने का सुझाव दिया है (उस समय मैं नौ वर्ष का था)—तुम्हारी लिखावट के बारे में मैं पहले ही लिखना चाहता था। ''रस्किन, कभी-कभी मैं देखता हूँ कि पत्र में तुम बहुत छोटे-छोटे अक्षरों में लिखते हो—ऐसा लगता है जैसे एक छोटे से पेपर पर तुम सबकुछ उड़ेल देना चाहते हो। इतना छोटा-छोटा लिखना तुम्हारी आँखों के लिए ठीक नहीं है…। थोड़े बड़े-बड़े अक्षरों में लिखने की आदत डालो और जरूरत पड़ने पर और पेपर लो।''

उनकी सलाह पर अमल करने की मैंने अपनी ओर से पूरी कोशिश की और आज मैं खुश हूँ कि लेखन के क्षेत्र में आने के चालीस साल बाद भी आज ज्यादातर लोग मेरी लिखावट आसानी से पढ़ सकते हैं। आजकल वर्ड प्रोसेसर का चलन खूब बढ़ गया है और

मुझे इसमें कोई बुराई नहीं नजर आती। वैसे तो मुझे अपने ओलंपियाड टाइपराइटर में भी कोई बुराई नहीं दिखाई देती, जो 1956 का बना हुआ है और अभी तक ठीक-ठाक चल रहा है। यद्यपि मैं सारा लेखन हाथ से करता हूँ, लेकिन हाथ से लिखने के बाद उसे टाइपराइटर पर ठीक-ठीक टाइप करता हूँ। अगर पहली बार में ही मुझे टाइपराइटर पर टाइप करना पड़ता तो लेखन में उतना मजा नहीं आता। मैं अपने साथ नोटबुक और पैड लेकर चलता हूँ। यह लेख भी मैं परी टिब्बा के सामने स्थित अपनी छोटी सी कॉटिज की सीढ़ियों पर बैठकर लिख रहा हूँ। यहाँ बैठने का एक कारण यह भी है कि इस इलाके में एक नया डाकिया आया है, जो इसी रास्ते से होकर गुजरता है। मैं उससे मिलना चाहता हूँ।

किसी स्वतंत्र लेखक के लिए डाकिया भी उतना ही महत्त्वपूर्ण है जितना कि प्रकाशक। मैं यहाँ वैसे भी बैठ सकता था; लेकिन चूँकि मेरे हाथ में पेंसिल और कागज है, इसलिए उसके आने तक मैं यहाँ बैठकर लिखता रहूँगा और हो सकता है कि उसके आकर चले जाने के बाद भी लिखता रहूँ। यहाँ इन सीढ़ियों पर तो वर्ड प्रोसेसर लगाया नहीं जा सकता।

मेरे कुछ पसंदीदा स्थान हैं, जहाँ बैठकर लिखना मुझे अच्छा लगता है। एक तो अखरोट के पेड़ के नीचे जो कॉटिज के ऊपर ढाल पर है। वर्ड प्रोसेसर को पहाड़ी ढाल जैसी जगहों को ध्यान में रखकर तैयार नहीं किया गया है। लेकिन पेंसिल और पेपर हैं तो मैं यहाँ घास के ऊपर लेटकर लिख सकता हूँ। पिछले महीने की बात है, एक दिन मैं लिखने के लिए टाइपराइटर उठाकर बगीचे में ले गया जहाँ उसके बटनों के नीचे कोई तिनका जाकर फँस गया, जिसे मैं अब तक नहीं निकाल पाया; और रोलर पर देवदार के पेड़ों से पराग कण जैसा कुछ गिर जाने से उस पर पीला धब्बा ही पड़ गया।

मेरे दोस्त मुझे वर्ड प्रोसेसर की खूबियाँ बताते नहीं थकते; लेकिन वे नहीं जानते कि मेरे पास ऐसी चीज है जिसे लेकर मैं बिस्तर पर भी अपना लेखन का काम कर सकता हूँ, खासकर सर्दियों की रात में, जब कॉटेज को गरम रख पाना असंभव हो जाता है।

बाहर ठंडी हवा चल रही होती है और हिमपात हो रहा होता है, इधर मैं रजाई के अंदर दुबक जाता हूँ और राइटिंग पैड तथा पैन तैयार होता है। अगले दिन जब मौसम साफ होता है, धूप खिली होती है तो वही पैड और पेन लेकर मैं घूमने निकल जाता हूँ, ताकि रास्ते में किसी घटना, बातचीत या अपने स्वयं के मनोभाव या विचारों को तुरंत लिख सकूँ।

जब मैं 18वीं और 19वीं सदी के महान् लेखकों के बारे में सोचता हूँ, जो पंख की कलम से लिखा करते थे और महीने में हजारों पेज भर डालते थे तो मुझे आश्चर्य होता है कि उनकी लिखावट आजकल के डॉक्टरों की लिखावट की तरह क्यों नहीं हो गई। दरसअल, वे जानते थे कि वे जो कुछ लिख रहे हैं वह कम-से- कम टाइपसेटर के पढ़ने में तो आना ही चाहिए।

डिकेंस और ठाकरे—दोनों की शैली सुंदर व स्पष्ट थी। ठाकरे तो एक कुशल कलाकार भी थे। समरसेट मॉम की लिखावट शुद्ध और साफ थी। इसी तरह चर्चिल की लिखावट भी कभी गंदी या अस्पष्ट नहीं हुई, चाहे वह कितना भी घसीटकर लिखते थे। अब्राहम लिंकन की लिखावट मुझे अच्छी लगती है। उनकी लिखावट में उनका व्यक्तित्व झलकता था। एक और महापुरुष महात्मा गांधी, जो एक सिरफिरे की गोली का शिकार हो गए, उनकी लिखावट और सोच दोनों ही लिंकन की लिखावट और सोच से कई मामलों में मिलती-जुलती थी। ऐसा नहीं है कि सबकी लिखावट अच्छी ही थी। किंग हेनरी अष्टम की लिखावट बहुत गंदी थी; लेकिन तब तक उनका व्यक्तित्व बहुत परिष्कृत

नहीं था। गाय फॉक्स (Guy Fawkes) जिसने ब्रिटिश संसद् को उड़ाने की कोशिश की थी, का हाथ लिखते समय हिलता था। ऐसे में उनकी असफलता से कोई हैरानी नहीं होती। हिटलर का हस्ताक्षर बहुत गंदा था, जैसा आप स्वयं अनुमान लगा सकते हैं। नेपोलियन की लिखावट इतनी प्रवाहमयी थी कि लगता था, उसका कोई अंत नहीं है—बिल्कुल नेपोलियन के व्यक्तित्व की तरह।

मुझे लगता है, मेरे पिताजी ठीक ही कहते थे कि व्यक्ति की लिखावट से अकसर उसके चरित्र या व्यक्तित्व का पता चलता है। बड़े और सुडौल अक्षरों में लिखनेवाला व्यक्ति अकसर स्वतंत्र और खुली सोच का होता है। फ्लोरेंस नाइटेंगल की लिखावट बहुत सुंदर थी, बिल्कुल उनके व्यक्तित्व की तरह ही। इसी तरह कई अन्य लोगों के उदाहरण भी हैं।

3. शब्द और तसवीरें

जब मैं छोटा था, उन दिनों जब तक मेरा क्रिसमस के स्टॉकिंग (एक प्रकार के मोजे) मेरे पसंदीदा कॉमिक पत्रों से भर नहीं जाते थे तब तक मेरा क्रिसमस का त्योहार अधूरा रहता था। आज अगर मेरे दोस्त शिकायत करते हैं कि तुम बहुत ज्यादा पढ़ते हो, इसका कारण ये कॉमिक ही रहे हैं; क्योंकि पढ़ने की आदत मुझे इन्हीं से पड़ी है।

मुझे लगता है कि कॉमिक्स की ओर मेरा झुकाव पाँच वर्ष की आयु में उस समय हुआ, जब मैंने 'द स्टेट्समैन' में बच्चों के लिए छपे एक कॉमिक स्तंभ पढ़ा। 1930 के दशक के उत्तरार्ध में बेनजी—जिनका शीर्षक बाद में बेनजी लीग के बैज में आया—का अपना एक स्तंभ था। उनके रोमांचकारी लेखन के बारे में मुझे अच्छी तरह तो याद नहीं, लेकिन हर रोज (या सप्ताह में एक बार) मैं बेनजी के स्तंभवाली सामग्री काटकर एक स्क्रैप बुक में लगा लिया करता था।

दो साल बाद बेनजी की साहसिक कहानियों से भरी यह स्क्रैप बुक मैं अपने साथ बोर्डिंग स्कूल भी ले गया, जहाँ यह कई लोगों के हाथों में गई और अंत में कहाँ रह गई, पता नहीं।

ऐसा नहीं है कि मेरे क्रिसमस स्टॉकिंग में सिर्फ कॉमिक्स ही होते थे। आठ वर्ष का होते-होते मैं 'पीटर पैन', 'एलाइस' और 'मि. मिडशिपमैन ईजी' की अधिकांश कहानी पढ़ चुका था। लेकिन साथ ही चित्र आधारित हजारों कॉमिक पत्र भी पढ़ डाले थे, "खराब तसवीरों वाली सोने की चमकवाली कुछ छोटी पुस्तकें," जैसा ली हंट (Leigh Hunt) ने अपने समय के बाल-पत्रों के बारे में लिखा है।

परंतु ज्यादातर चित्र आधारित होने के बावजूद उन दिनों के कॉमिक्स में पाठ्य-सामग्री भी ठीक-ठाक होती थी। 'होस्ट्स्पर', 'विजार्ड', 'मैगनेट' (द्वितीय विश्व युद्ध का एक पीड़ित) और 'चैंपियन' में कुछ लोकप्रिय पात्रों की कहानियाँ थीं। अपनी पढ़ाई के शुरुआती दिनों से पढ़ता आ रहा रॉकफिस्ट रॉगन, रॉयल एयरफोर्स (R.A.F.), जिसने बॉक्सिंग और बॉम्बिग का अनोखा संयोग दिखाया तथा फायरवर्क्स फ्लिन (एक फुटबॉल खिलाड़ी, जो हमेशा खेल के अंतिम दो मिनट में जीम देनेवाला गोल करता था।) की कहानी थी।

बिली बंटर तो साहित्यिक एवं सामाजिक इतिहासकारों के लिए एक उदाहरण बन गए हैं। अभी हाल में 'द टाइम्स लिटरेरी सप्लीमेंट' ने दो पृष्ठों में बंटर की कहानियों का एक विश्लेषण छापा था। जाने-माने डॉक्टर और वकील आज भी बड़े शौक से मैगनेट के प्रथम संस्करण का विशेषांक खरीद रहे हैं, जो हाल में एक प्रतिकृति के रूप में प्रकाशित हुई है। बंटर एक लोकनायक बन गए हैं। उन्हें रंगमंच पर, सिनेमा के परदे पर और टेलीविजन पर देखा जा सकता है, यहाँ तक कि हाउस ऑफ कॉमंस में उनका उद्धरण भी दिया जाता है।

इससे मुझे हिम्मत व प्रेरणा मिलती है। मुझे एक ही दुःख है

कि मैं अपने उन शुरुआती दिनों के कॉमिक्स को सँभालकर नहीं रख पाया—पुस्तक-संग्रह के शौक के लिए नहीं, बल्कि उन दिनों की कला व साहित्य के प्रति अपने भावनात्मक जुड़ाव के लिए।

बाल-साहित्य के प्रकाशन में वर्ष 1774 में जो पहला प्रयास किया गया, वह एक तरह का कॉमिक ही था। उस वर्ष जॉन न्यूबेरी ने लिखा—

संसदीय अधिनियम के अनुसार : लिटिल मास्टर टॉमी और सुंदर मिस पोली को सीख देने व उनका मनोरंजन करने के उद्‌देश्य से तैयार एक छोटी सी सुंदर पॉकेट बुक, साथ में जैक द जाएंट-किलर का एक दिलचस्प पत्र...

इस पुस्तक में तसवीरें थीं, कविताएँ थीं और गेम थे। न्यूबेरी के पात्रों और काल्पनिक लेखकों में शामिल थे—वॉगलॉग द जाएंट, टॉमी ट्रिप, गाइल्स जिंजरब्रेड, नर्स ट्रूलव, पेरेग्राइन पजलब्रेंस, प्राइमरोज प्रीटीफेस और कई अन्य जो वर्तमान सदी के कॉमिक्स के जाने-माने नाम हैं।

'आकर्षक मुफ्त ऑफर' को शुरू करने का श्रेय भी न्यूबेरी को जाता है, जो अमेरिकी कॉमिक्स का एक हिस्सा बन गया है। वर्ष 1755 के आरंभ में उन्होंने लिखा था—

नर्स ट्रूलव का नव वर्ष का उपहार या बच्चों के लिए पुस्तकों की पुस्तक, जो हर उस छोटे लड़के के लिए तैयार की गई है, जो आगे चलकर महान् बनेगा और एक सुंदर से घोड़े पर सवार होगा; और हर उस छोटी लड़की के लिए, जो आगे चलकर एक महान् महिला बनेगी और लॉर्ड मेयर के सुंदर कोच पर सवार होगी। लेखक ने सेंट पॉल चर्चयार्ड में सभी बच्चों को उपहार-स्वरूप देने के लिए ये पुस्तकें छपवाई हैं, जिनकी कीमत के रूप में सिर्फ बाइंडिंग का खर्च रखा गया है, जो मात्र दो पेंस प्रति पुस्तक (पैसा)है।

आजकल के कई कॉमिक्स की सामग्री कई टेलीविजन धारावाहिकों

की तरह हिंसा से भरी है। बारह वर्ष की आयु से पहले मैं अमेरिकी कॉमिक्स से परिचित नहीं था। और उसके बाद मैं उनके आकर्षण में न फँस पाया। सुपरमैन, बुलेटमैन, बैटमैन और ग्रीन लैंटर्न तथा अन्य सभी सुपर हीरो ने मुझे मायूस किया। उस समय तक मैं यथार्थ परक पुस्तकों की दुनिया में प्रवेश कर चुका था, लेकिन कॉमिक्स के लिए मेरी कमजोरी बनी रही। क्रिसमस स्टॉकिंग्स में अब मुझे तो कॉमिक्स नहीं मिलते, लेकिन गौतम और सिद्धार्थ के स्टॉकिंग्स में मैं कुछ कॉमिक्स जरूर रखता हूँ; और कहने की आवश्यकता नहीं कि स्टॉकिंग्स में रखने से पहले उन्हें मैं स्वयं पढ़ लेता हूँ।

□

बिन्या चली गई

लेखक अपने एक पुराने प्रेम को याद करता है, ''यह समय नहीं है, जो बीत रहा है; जो बीत रहा है, वह है तुम और मैं'' ।''

एक दिन जब मैं चीड़ के पेड़ों के बीच बने रास्तों से घर जा रहा था, मैंने एक लड़की को गाना गाते हुए सुना।

पहाड़ों पर गरमी का मौसम था और पेड़ों पर नए पत्ते आ गए थे। पत्तियों के बीच से अखरोट और चेरी के नए फल निकल रहे थे।

हवा रुकी हुई थी और पेड़ भी खामोश थे। वह गाना मुझे साफ-साफ सुनाई पड़ रहा था। वह शब्द नहीं थे, जिन्हें मैं समझ नहीं पा रहा था—या वे धुन का उतार-चढ़ाव नहीं थे, जिसमें मैं मंत्रमुग्ध था। वह आवाज थी, जो इतनी युवा और मुलायम थी, जिसने मुझे खींचा था।

मैंने वह रास्ता छोड़ दिया और ढलान पर लुढ़कते चीड़ की सुइयों जैसे गिरे डंडियों पर फिसलते हुए नीचे आ गया। जब मैं नीचे पहुँचा तब गाना रुक गया था और वहाँ पर कोई नहीं था, ''मुझे पक्की तरह याद है, मैंने किसी को गाते हुए सुना था।'' मैंने अपने आपसे कहा, 'हो सकता है, मैं गलत होऊँ। पहाड़ों पर अकसर ऐसा होता है।'

अतएव मैं घर की ओर चल पड़ा और फिर इस बार एक गीत सुना

पर इस वक्त वह एक सीटी बजाती हुई गाने वाली चिड़िया बाम्कार थी। जो एक टूटी-फूटी स्वर में लोडी (मधुर संगीत) गा रही थी। वह जंगल के गहराइयों में छिपे अँधेरे, मीठे रहस्यों के गीत गा रही थी।

मेरे पास खाने के लिए कुछ भी नहीं था। बिजली के बिल का अभी पेमेंट नहीं हुआ था। बैंक में कुछ भी बैलेंस नहीं था। एक अन्य प्रकाशक ने भी मेरा दूसरा उपन्यास अभी-अभी वापस कर दिया था। फिर भी, अभी ग्रीष्म ऋतु थी और आदमी व जानवर सब तंद्रा में थे और उसी तरह से हमारे ऋणदाता भी थे। दूर के पहाड़ चमकते हुए धूल भरे धुँधलेपन बैंगनी-से दिख रहे थे।

मैं फिर से चीड़ के पेड़ों के बीच से गुजरा। वह गीत-गाना सुनाई नहीं पड़ा। और फिर एक हफ्ते तक मैं अपने कॉटेज से नहीं निकला, क्योंकि उपन्यास को फिर से ठीक करके लिखना था। मैंने उस पर कड़ी मेहनत की, बस बीच में कुछ खाने के लिए या फिर सोने के लिए थोड़ी देर रुकता था। इस बीच मैंने नोट किया, पेड़ों की पत्तियाँ गहरे हरे रंग की हो गई थीं।

खिड़की जंगल की ओर खुलती थी। ओक, मैपिल और अखरोट के पेड़ खिड़की तक आ रहे थे और ऊपर पहाड़ पर चीड़ के पेड़ शुरू हो जाते थे तथा उसके ऊपर देवदार की कतारें जैसे कोई फौज खड़ी हो। पहाड़ और ऊपर जा रहे थे और पेड़ छोटे व ठूँठ जैसे होते जा रहे थे, और अंत में वे गायब हो गए तथा उसके बाद काले पहाड़ जहाँ भटकती आत्माएँ घूमती रहती थीं। जो ऊपर की ओर हमेशा पड़ी रहनेवाली बर्फ (हिमालय) से मिलने चले जा रहे थे। वे चोटियाँ आसमान को छू रही थीं, जैसे कि उसका पालना हों। मैं उन चोटियों को अपने कमरे की खिड़की से तो नहीं देख सकता था। जब आसमान साफ होता था तो वे टेहरी रोड के दर्रे से दिखती थीं।

पहाड़ की तलहटी में एक छोटी सी नदी की धारा थी। एक दिन

काफी सुबह बड़े-बड़े पत्थरों के ऊपर कदम रखता हुआ मैं लगभग आधा मील नीचे नदी के साथ-साथ उतर गया। वहाँ पर मैं एक सपाट पत्थर पर एक जंगली चेरी के पेड़ की छाया में लेटकर आराम करने लगा। वहाँ से मैंने सूरज को परी टिब्बा (फेयरी हिल) के ऊपर से चढ़ते देखा और उसकी किरणें पेड़ की शाखाओं से छनकर आ रही थी, तथा सूर्य दिशा भी बदल रहा था और उसकी रोशनी नीचे घाटी में जा रही थी। हवा थमी हुई थी, पक्षी भी खामोश थे। केवल नदी की कल-कल ध्वनि आ रही थी। जब वह पथरीले रास्तों (तलहटी) से गुजरकर नीचे जा रही थी। मैं वहाँ पर अभी 10 या 15 मिनट ही लेटा था कि मुझे कोई देख रहा था। कोई जो पेड़ों में से और छायाओं में से मुझे देख रहा था। कोई चीज हिली नहीं, न कोई पत्थर खिसका न ही कोई टहनी टूटी, पर मुझे कोई-न-कोई देख रहा था। मैं पूरी तरह से असुरक्षित महसूस कर रहा था। ऐसे किसी खतरे से नहीं, पर किसी अनजानी निगाहों की दृष्टि से, परख से, इसलिए मैंने उस पत्थर को छोड़ दिया और पेड़ों के बीच से रास्ता ढूँढ़कर फिर ऊपर चढ़ने लगा।

इस काम में काफी गरमी लगी। सूरज ऊपर चढ़ आया था और हवा भी नहीं थी। जब तक मैं पहाड़ी के ऊपर पहुँचा, मुझे बुरी तरह से पसीना आ रहा था। मुझे अदृश्य देखनेवाले का कोई अता-पता नहीं था। छोटी-छोटी घासों पर दो दुबली-पतली गायें चर रही थीं; उनके गले में बँधी घंटियों की आवाज के अलावा वहाँ उमस वाली गरमी में और कोई आवाज नहीं थी।

फिर वही गाना! वही गाना, वही गानेवाली। उसको मैंने अपनी खिड़की में से सुना था। जो किताब मैं पढ़ रहा था, उसे एक किनारे रखकर मैं खिड़की में से सर निकालकर झाँका और पेड़ों के अंदर से भी घूर-घूरकर देखने की कोशिश की। पत्तियाँ, झाड़ियाँ बहुत घनी थीं, और गानेवाली (गायिका) बहुत दूर थी, जिससे मैं पता नहीं कर पा

रहा था वह कौन थी? ''क्या मैं जाकर उसको ढूँढ़ने की कोशिश करूँ। यह इसी प्रकार से अच्छा है—सुना पर देखा नहीं? क्या यह जरूरी है कि मैं गाने पर मुग्ध होकर गानेवाली से भी प्यार करने लगूँ? अवश्य यह आवाज है, न कि गीत जिसने मेरे दिल को छुआ है।'' कुछ ही देर में गाना बंद हो गया। मैं खिड़की से हट गया।

पहाड़ियों पर एक लड़की बिलबेरीज इकट्ठाकर रही थी। उसका चेहरा तरो-ताजा था, शहद के रंग की तरह उसके होंठ बेरी के जूस-से बैंगनी हो रहे थे। वह मुझे देखकर मुसकराई।

''क्या ये खाने में अच्छे हैं?'' मैंने पूछा।

उसने अपनी मुट्ठी खोली, अपना हाथ आगे बढ़ाया, जिसमें बेरी भरी हुई थी। कुछ टूटी-फूटी और चोट खाई। मैंने उसमें से एक ली और उसे अपने मुँह में डाल लिया। उसका बड़ा तीखा खट्टा स्वाद था, ''यह अच्छा है।'' मैंने कहा। यह देखकर कि मैं उसकी भाषा में रुक-रुककर बोल रहा हूँ। वह मेरे नजदीक आई और बोली, ''तब फिर और लीजिए और मेरे हाथों को बिलबेरीज से भर दिया। उसकी उँगलियाँ मेरी उँगलियों से छुई, बहुत ही अनोखी अनुभूति हुई, क्योंकि लगभग 9-10 साल हो गए थे। जब से मैंने किसी लड़की का हाथ छुआ था।''

''तुम कहाँ रहती हो?'' मैंने पूछा। उसने घाटी की ओर इशारा किया जहाँ टेरेसड् हिल (सीढ़ियों जैसा पहाड़) में ढलान पर एक गाँव बसा हुआ था।

''यह तो काफी दूर है।'' मैंने कहा, ''क्या तुम रोज घर से इतनी दूर आती हो?''

''मैं इससे भी आगे जाती हूँ।'' उसने कहा, ''गायों को ताजा घास चाहिए। लकड़ी भी इकट्ठी करनी होती है और घास भी काटनी होती है, उसने मुझे हसिया भी दिखाई जो उसने कमर में बँधे कपड़े में

खोंस रखी थी। ''कभी-कभी मैं परी टिब्बा के ऊपर तक चढ़कर जाती हूँ और कभी-कभी उसके पार घाटियों में। क्या तुम वहाँ गए हो?''

''नहीं, पर मैं किसी दिन जाऊँगा।''

''परी टिब्बा पर काफी तेज हवाएँ चलती हैं।''

''क्या यह सच है, वहाँ परियाँ रहती हैं?''

वह हँसी, ''ऐसा लोग कहते हैं, वे लोग हैं जो वहाँ कभी गए नहीं। मुझे परी टिब्बा पर परियाँ नहीं दिखीं, ऐसा कहते हैं, कि पहाड़ों पर खँडहरों में भूत रहते हैं। पर मुझे कभी भूत नहीं दिखे।''

''मैंने भूतों के बारे में सुना है।'' मैंने कहा, ''दो प्रेमी जिन्होंने भागकर एक खँडहर के बड़े घर में शरण ली थी। रात में वहाँ तूफान आया और उन पर बिजली गिर पड़ी। वे मर गए। क्या यह कहानी सच है?''

''यह बहुत साल पहले की घटना है, मेरे जन्म से पहले की। मैंने यह कहानी सुनी है, पर परी टिब्बा पर कोई भूत नहीं है।''

''कितनी बड़ी हो तुम?'' मैंने पूछा।

''पंद्रह या सोलह साल, मुझे ठीक से पता नहीं।''

''क्या तुम्हारी माताजी को पता नहीं?''

''उनकी मृत्यु हो गई है। और मेरी दादी माँ भूल गई हैं। मेरा भाई मुझसे छोटा है। उसे अपनी ही उम्र पता नहीं। वह भूल गया है। क्या याद रखना जरूरी है?''

''नहीं, यह इतना जरूरी नहीं है। खैर, यहाँ पर जरूरी नहीं है। पहाड़ों पर जरूरी नहीं है। पहाड़ के लिए तो सौ साल एक दिन के बराबर है।''

''क्या आप बहुत बड़ी उम्र के हैं?''

''मुझे नहीं लगता। क्या मैं बहुत बूढ़ा लगता हूँ?''

''केवल सौ साल के।'' उसने कहा और हँसने लगी और उसकी

कलाई की चूड़ियाँ खनकने लगीं, जब उसने अपने हाथ अपने चेहरे पर रखे।

"तुम क्यों हँस रही हो?" मैंने पूछा।

"क्योंकि मुझे लगा कि तुमने मेरी बात पर विश्वास कर लिया है। वैसे आप कितने बड़े हैं?"

"पैंतीस या छत्तीस साल। मुझे याद नहीं।"

"ओह, भूल जाना बेहतर है।"

"यह बात ठीक है।" मैंने कहा, "पर कभी-कभी किसी को फॉर्म भरना होता है या इस तरह का कोई काम होता है तो उसमें अपनी उम्र लिखनी पड़ती है।"

"मैंने कभी कोई फॉर्म भरा नहीं। मैंने कभी कोई फॉर्म देखा भी नहीं।"

"और मुझे आशा है, कभी देखोगी भी नहीं। वह एक कागज का टुकड़ा होता है, जिसमें कई बेकार की बातें लिखी होती हैं। यह सब आदमी की उन्नति का एक हिस्सा है।"

"उन्नति?"

"हाँ। क्या तुम नाखुश हो?"

"नहीं।"

"क्या तुम्हें भूख लगती है?"

"नहीं।"

"तब तुम्हें उन्नति की जरूरत नहीं है। तुम्हारे लिए जंगली बिलबेरी ही अच्छी है।"

वह बिना 'नमस्कार' किए चली गई। गायें इधर-उधर चली गई थीं और वह उनके पीछे भागी, उनका नाम बुलाते हुए—"नीलू, नीलू। भूरी, भूरी। वह नंगे पाँवों से पत्थरों और घास पर दौड़ रही थी।

मई की शुरुआत। जंगल में रइया गा रहे थे या यूँ कहा जाए कि

ऑर्केस्ट्रा की तरह बजा रहे थे, क्योंकि वे अपने पैरों से आवाज निकालते हैं। सीटी बजाती हुई गाने वाली चिड़ियाँ एक-दूसरे का वृक्षों के ऊपर पीछा कर रही थी। एक तरह से हवा में प्रेमी-उड़ान कभी-कभी लंगूर भी ओक के पेड़ों पर चले जाते थे। पत्तियों का भोजन करने। जैसे ही मैं नीचे उतरकर नदी की ओर बढ़ा तो फिर से वही गाने की आवाज आने लगी, और जब मैं अचानक झाड़ियों के बीच साफ जगह पर पहुँचा तो देखा कि वही लड़की पत्थर पर बैठे अपने पैरों को बहते पानी में डाले बैठी थी—वही लड़की जिसने मुझे बिलबेरियाँ दी थीं। अजीब बात है कि मैं अंदाज नहीं लगा पाया कि यह वही लड़की थी जिसने मुझे बिलबेरें दी थीं। मेरी कल्पना में एक जंगलों की मत्स्य-कन्या, एक नाजुक सुंदर और शालीन देवी की तरह की प्राणी, न कि एक नटखट, आँखोंवाली गोल चेहरेवाली, बेरी के जूस के धब्बेवाली हो थोड़ी सी गाँव की अनगढ़ी परी। उसकी खुरदरी हाथ की बनी धोती, जिसका रंग उड़ गया था और फटी हुई थी; एक अव्यावहारिक परिधान मैंने सोचा, खासकर पहाड़ों पर इधर-उधर दौड़ने के लिए। पर गाँव के लोग अपनी लड़कियों को 12 साल की होते-होते धोती पहना ही देते थे। उसने उसके साथ एक प्रक्रम से समझौता कर लिया था। अपने कमर में फेटा बाँधकर और धोती को ऊपर उठाकर बाँधने और चलने से उसके लिए मेरे खयाल से कुरता सलवार की ड्रेस ज्यादा अच्छी रहती, जो आगे पहाड़ों में पहनी जाती थी।

मुझे कोई भ्रम नहीं था। उसके भोले-भाले और खुले व्यवहार ने मुझे आकर्षित कर लिया था और उसकी मधुर आवाज ने उसकी सुंदरता में चार चाँद लगा दिए थे।

मैं नदी के तट से उसको देखता रहा था। अब उसने मुँह उठाकर देखा, थोड़ा सिसियाई और फिर मुझे अपनी जुबान बाहर निकालकर स्वागत किया।

"यह बड़ा अच्छा तरीका है मेरा स्वागत करने का।" मैंने कहा।

"क्या मैंने तुम्हें नाराज कर दिया?"

"तुमने मुझे चौंका दिया। आपने मुझे बुलाया क्यों नहीं?"

"क्योंकि मैं तुम्हारा गाना सुन रहा था। मैं तुमसे तब तक नहीं बोलना चाहता था, जब तक कि तुम्हारा गाना खत्म न हो जाए।"

"वह केवल एक गाना था।"

"तुम बहुत मीठा गा रही थीं।"

वह मुसकराई, "क्या तुम कुछ खाने के लिए लाए हो?"

"नहीं। क्या तुम्हें भूख लगी है?"

"इस समय मुझे भूख लग जाती है। जब तुम मुझसे मिलने आओ तो कुछ खाने को ले आया करो।"

"मैं तुमसे मिलने नहीं आया था, मुझे पता नहीं था कि तुम यहाँ होगी।"

"आप मुझसे मिलना नहीं चाहते हैं?"

"मेरे कहने का मतलब यह नहीं था। तुमसे मिलकर अच्छा लगा।"

"यदि आप जंगल में आते रहेंगे तो मुझसे मिलते रहेंगे, इसलिए हमेशा कुछ-न-कुछ खाने के लिए ले आया करें।"

"अगली बार मैं ऐसा ही करूँगा। क्या मैं तुम्हारे लिए कुछ बेरें तोड़ूँ?"

"आपको किंगोरा झाड़ियों के लिए फिर से पहाड़ पर जाना पड़ेगा।"

"मुझे कोई फर्क नहीं पड़ता। अगर तुम भूखी हो तो मैं कुछ बेरें ले आता हूँ।"

"ठीक है।" उसने कहा और फिर से अपने पैरों की ओर देखने लगी, जो अभी भी पानी में थे। मैं एक शूरवीर की तरह मेहनत करके पहाड़ पर चढ़ गया और बिलबेरी झाड़ियों में से बेरें तोड़कर जेबों में

भरकर लौटा तो वह वहाँ से जा चुकी थी। दूर पहाड़ों पर गाय की घंटियों की आवाज (टन-टन) आ रही थी।

अँधेरे में जुगनू जब-तब चमक रहे थे। रात तरह-तरह की आवाजों से भरी हुई थी। एक छपका कहीं टोंक-टोंक कर रहा था। साही की सरसराहट की आवाज हिरन के चिल्लाने की आवाज और खिड़की से आकर टकराते हुए कीड़ों की थप-थप की हलकी आवाज घाटी के उस पार पहाड़ों में दिए टिमटिमा रहे थे—कैरोसीन लालटेन जो अँधेरे में झूल रहे थे।

''तुम्हारा नाम क्या है?'' मैंने उससे पूछा, जब हम अगली बार चीड़ के जंगलों के रास्ते में मिले।

''बिन्या'', उसने कहा, ''और तुम्हारा क्या नाम है?''

''मेरा कोई नाम नहीं है।''

''ठीक है, श्रीमान अनाम।''

''मेरे कहने का मतलब है, मैंने अपने लिए नाम नहीं अर्जित किया है। हमें अपना-अपना नाम कमाना चाहिए, तुम्हारा क्या खयाल है?''

''बिन्या मेरा नाम है, मुझे और कोई नाम नहीं चाहिए। तुम कहाँ जा रहे हो?''

''कहीं नहीं।''

''अनाम (आदमी) कहीं नहीं जा रहा है। तब तुम मेरे साथ नहीं जा सकते, क्योंकि मैं घर जा रही हूँ और मेरी दादी माँ ने तुम्हें देख लिया तो फिर तुम्हारे पीछे गाँव के कुत्ते दौड़ा देंगी।'' और नहीं के साथ-साथ नीचे जाते हुए रास्ते पर वह दौड़ गई। उसको पता था मैं उसे पकड़ नहीं सकता था।

सफेद गाय को पुकारते हुए जैसे वह खड़ी चढ़ाई पर से पहाड़ पर चढ़ रही थी, उसके चेहरे पर ग्रीष्म की बरसात का पानी धारा बनकर टपक रहा था। हवा से बुहारी हुई पहाड़ी पर वह बहुत छोटी

सी दिख रही थी। उसके बालों की एक लट उसके माथे पर पड़ी हुई थी। उसकी फटी नीली धोती उसकी मजबूत जाँघों से चिपक रही थी। मैं उसको बारिश से बचाने के लिए छाता लेकर गया। वह मेरे साथ मेरे छाते के नीचे खड़ी हो गई और उसने मुझे अपनी कमर में हाथ डालने दिया। फिर उसने कुछ सोचते हुए अपना मुँह मेरी ओर किया और मैंने जल्दी से उसके होंठों पर हलके से चुंबन कर लिया। उसके होंठों से बारिश की बूँदों और पुदीने की खुशबू आ रही थी। और फिर वह मुझे उसी बारिश में भीगते हुए छोड़कर भाग गई। वह घर हँसते हुए वापस चली गई। मुझे भीगना अच्छा लगा।

एक अन्य दिन मैंने उसे मुझे पुकारते सुना, ''अ-नाम, मिस्टर अनाम।'' पर मैं उसको देख न सका और उसको कुछ देर ही बाद ढूँढ़ पाया। मैंने उसको पहाड़ी पर आधी दूर पर चेरी के पेड़ पर चढ़े हुए पाया। उसके पैर तने को मजबूती से पकड़े हुए थे। उसने धोती दोनों जाँघों के बीच बाँध रखी थी—धवल, गोल-गोल जाँघें और पाँव बहुत तगड़े व हट्टे-कट्टे।

''चेरी अभी पकी नहीं है।'' मैंने कहा।

''वे कभी नहीं पकतीं। मुझे वे हरी (कच्ची) और खट्टी पसंद हैं। क्या आप पेड़ पर चढ़कर आ जाएँगे?''

''यदि मैं अभी भी पेड़ पर चढ़ सकता।'' मैंने कहा।

''मेरी दादी साठ साल से ऊपर हैं और अभी भी पेड़ पर चढ़ सकती हैं।''

''अच्छा, मैं भी साठ की उम्र पर शायद इतना साहसी हो सकूँ, क्योंकि उस वक्त ज्यादा कुछ खोने का डर नहीं रहता।'' मैं पेड़ पर बिना ज्यादा दिक्कत के चढ़ गया, जहाँ पर से ऊपर दो शाखाएँ फटती थीं। वहीं पर रुक गया, क्योंकि मुझे डर था कि कहीं मेरे भार से शाखा टूट न जाए। तो फिर मैं वहीं खड़ा रहा, जहाँ से पेड़ दो फाँक

हो रहा था, मेरा चेहरा बिन्या के वक्षस्थल तक पहुँच रहा था। मैंने उसकी कमर में हाथ डाला और उसकी कोमल बाँहों पर चूम लिया। उसने कुछ नहीं कहा। उसने मेरा हाथ पकड़कर मुझे और ऊपर चढ़ने में मदद की और मैंने अपना हाथ उसकी गरदन में डाल दिया। अपने को गिरने से बचाने के लिए और उसके नजदीक रहने के लिए भी।

पूर्ण चंद्रमा ऊपर उठ आया है। लंबे ओक के पेड़ों के बीच से मेरी खिड़की से चमकता हुआ दिख रहा था। रात तरह-तरह की आवाजों से भरी है। झींगुरों की, छपका की टोंक-टोंक से और तुम्हारे गाँव से होकर घाटी में आ रही है। लोगों के गाने और ढोल बजने की आवाज भी आ रही है। आज कोई त्योहार है और तुम्हारे घर में भी पकवान बनेंगे, दावत होगी। क्या आज रात को भी तुम गाना गा रही हो? क्या तुम जब गा रही हो, नाच रही हो, अपने दोस्तों के साथ और हँस रही हो, उस वक्त मेरे बारे में भी सोच रही हो। मैं यहाँ पर अकेला बैठा हूँ, अतएव मेरे पास तुम्हारे बारे में सोचने के अलावा और कोई काम नहीं है।

बिन्या···मैं तुम्हारा नाम बार-बार ले रहा हूँ—जैसे कि नाम लेने में मैं अपनी आवाज तुम तक पहुँचा सकता हूँ। मेरे पास चाँदनी रात से आलोकित पहाड़ पर चलकर··· ।

आज रात आत्माएँ बाहर चारों ओर निकली हुई हैं। वे चुपचाप पेड़ों पर चल रही हैं। वे उस खिड़की के पास मँडरा रही है, जहाँ मैं बैठा हूँ; वे हवा के साथ घर के चारों ओर दौड़ रही हैं। पेड़ों की आत्माएँ पुराने घर की आत्माएँ। एक वृद्ध महिला पिछले साल यहाँ मर गई थी। वह इस घर में तीस साल तक रही थी। उसके व्यक्तित्व का कुछ हिस्सा अभी भी यहाँ अवश्य ही रहता है। जब मैं पुराने लंबे दर्पण में देखता हूँ, तो कभी मुझे उसके पीले चेहरे और लंबे सुनहरे बालों की एक झलक दिखती है। मेरे खयाल से वह मुझे पसंद करती

थी। यह घर मेरे ऊपर कृपालु है। क्या वह तुमसे ईर्ष्या करेगी, बिन्या?

नाच-गाने की आवाज तेज होती जा रही है। मैं कल्पना कर सकता हूँ कि तुम्हारा चेहरा आग की रोशनी में चमक रहा है। तुम्हारी आँखें भी हँसी से चमक रही हैं। तुम्हारे पास तमाम लोग हैं। मेरे पास तारे, छपका और शीशे में भूत है।

मैं दूसरे दिन सुबह जल्दी उठ गया, जबकि अभी भी घास पर ताजा ओस थी, और पहाड़ से नीचे उतरकर नदी पर पहुँच और फिर एक टीले पर जहाँ पर एक चीड़ का पेड़ अकेला ही शानदार तरीके से खड़ा था, उसकी पतली शाखाओं में से हवा हू-हू करके गुजर रही थी। यह मेरी प्रिय जगह थी, मेरी शक्ति की जगह, जहाँ मैं अपने आपको तरोताजा करने के लिए समय-समय पर आता था। मैं घास पर लेट गया, सपने देखने लगा। मेरे ऊपर नीला आसमान था। एक गरुड़ दूर आसमान में ऊँचे उड़ रहा था। मैंने उसकी आवाज दूर पेड़ों के बीच से सुनी या ऐसा सोचा कि मैंने उसकी आवाज सुनी, पर जब मैं वहाँ उसे देखने के लिए गया, मैं उसको कहीं ढूँढ़ नहीं पाया।

मुझे अपनी बुद्धिमत्ता और विवेक पर घमंड था। मैंने अपने आपको सिखाया था कि मुझे भावुक स्थितियों 'जैसे प्यार में पड़ जाना' जो कि बहुत भ्रामक तथा क्षण भंगुर होती है, उनसे बचना चाहिए। यद्यपि मैंने स्वयं को बार-बार बताया था कि आकर्षण केवल शारीरिक होता है, मेरे लिए भी और उसके लिए भी। मुझे यह मानना पड़ेगा कि बिन्या के प्रति मेरी भावनाएँ अन्य लोगों की भावनाओं से कुछ अलग थी; जबकि सेक्स मेरे लिए आनंद-उत्सव होता था, पर इससे अन्य दावतों की तरह बहुत शीघ्र परितृप्ति हो जाती थी। अब एक परिवर्तन की इच्छा भूलने की ख्वाहिश···। बिन्या एक दूसरी चीज को चित्रित करती थी, स्वामिल परी की तरह वह उन पहाड़ियों से होकर गुजरती थी, जहाँ आत्माएँ भटकती रहती थीं, पुराने वृक्ष ताजा घास उन सबसे

उसने कुछ-कुछ ग्रहण कर लिया था—एक आदि गुण सरलता था। सीधापन, समय गुजरने और घटनाओं के बीतने से कोई सरोकार नहीं, जंगलों और पहाड़ों से एक प्रकार की निकटता। इन सबसे वह बहुत विशेष तथा जादुई या सम्मोहक बन गई थी।

तब जब तीन-चार-पाँच दिन हो गए और वह मुझे नहीं मिली तो मुझे निराश प्रेमियों की तरह पीड़ा सताने लगी। क्या वह मुझे भूल गई थी या कहीं और उसे घर पर ही बंद कर के रखा हुआ था? क्या वह बीमार थी? या वह आत्मा की तरह हवा में विलीन हो गई थी?

मैं उसके बारे में गाँव में जाकर पूछ भी नहीं सकता था। मैं गाँव से भगा दिया जाऊँगा। उसका गाँव सामने पहाड़ियों में फैला हुआ था। स्लेट की छतवाली घरों का एक झुंड छोटे-छोटे, सीढ़ियों की तरह के खेत। दूर मैदानों में खेतों में कुछ आकृतियाँ देख पा रहा था। वे बहुत ज्यादा दूर थीं, बहुत छोटी थीं। अतएव उसमें से किसी को पहचान पाना असंभव था। एक छोटे से लड़के ने बताया कि वह अपनी माँ के घर, जो वहाँ से 100 मील दूर है, चली गई है।

तब मैं चिंता में डूब गया। ओक के जंगलों में उदास-निराश घूमता बिना चिड़ियों की आवाज सुने-मीठे गलेवाली सीटी बजाती थ्रश चिड़िया या चीखती आवाज निकालती बारबेट (बसंता) या मधुर आवाज वाली फाख्ता। प्रसन्नता हमेशा मुझे प्रकृति के प्रति संवेदी बना देती थी। बहुत दु:खी होकर मेरे विचार अंतर्मुखी हो गए। मैं समय और परिस्थितियों के बारे में विचारमग्न हो गया। मैं अनुभव कर रहा था कि वर्ष बीतते जा रहे थे। वे वैसे गुजर गए थे जैसे घटती हुई ज्वार की लहरें किसी बीच पर से कूड़ा-कचरा छोड़ती चली जाती हैं। उसी तरह का हाल था मेरा। उसी समय में सीटी बजाती हुई कस्तूरिका मुझको चिढ़ाते हुए तरसाते हुए खाइयों की छाया में से कह रही हो, 'यह वक्त नहीं है, जो गुजर रहा है। यह तुम और मैं हैं, यह तुम और मैं…'

फिर मैंने अपनी उदासी तोड़ने पर जोर दिया। मैं पहाड़ियों और जंगलों से दूर रहने लगा। मैंने गाँव की तरफ मुड़कर नहीं देखा। मैंने अपने आपको अपने काम में डुबो दिया और तटस्थता से सोचने लगा। फिर मैंने एक लेख लिखा—'कलसी के लौह-स्तंभ पर उत्कीर्ण लेख।' बहुत बुद्धिमत्तापूर्ण बहुत शुष्क, पर समझदारी भरा।

रात में मुझे रह-रहकर बिन्या का खयाल सताता। मैं सो नहीं पाया। मैंने लाइट को जला दिया और वह वहाँ पर थी, दर्पण में मुसकराती हुई मेरी ओर देखती हुई। उस वृद्ध महिला की छवि की जगह, जो मुझे इतने लंबे समय से देखती आ रही थी।

□□□